書下ろし

一本鑓《やり》悪人狩り

早見 俊

祥伝社文庫

目次

向島
兵藤家下屋敷
三囲稲荷
吾妻橋
大川
浅草並木町
小間物問屋『三州屋』
上野
連妙寺
寛永寺
豊島町
緒方宗純の診療所
雉子町
瀬尾道場
柳橋
船宿『桔梗屋』
醤油問屋『能登屋』
柳橋
両国橋
両国西広小路
薬屋『万病屋』
永代橋
日本橋長谷川町
料理屋『夕富士』
堺町
八丁堀
日本橋
日本橋本町
薬種問屋『武蔵屋』
北町奉行所
南町奉行所

一本鑓悪人狩り
の舞台
神田川
寺坂家屋敷
江戸城
増上寺
北
西
東
南

第一章　大番御免《ごめん》

一

天保《てんぽう》七年（一八三六）の正月元旦《がんたん》。

江戸は番町《ばんちょう》に軒《のき》を連ねる武家屋敷。白々明けの空の下、どこでも若水汲《わかみずく》みが行われている。裃《かみしも》に威儀《いぎ》を正した屋敷の主人が、一番鶏《どり》が新年の夜明けを告《つ》げる頃、井戸から新しい手桶《ておけ》に水を汲み、その水で雑煮を煮たり福茶を立てる。

武家の習慣だ。

ここ寺坂《てらさか》家でも若水汲みは行われていたが、それに加えて寺坂家には独特の儀式がある。

当主は寺坂寅之助元輝《とらのすけもとてる》。

二十八歳、体軀《たいく》は六尺（約一・八メートル）近く、顔は浅黒く日に焼け眉《まゆ》が太い。男前とは言えないが、双眸《そうぼう》には溢《あふ》れかえるような光をたたえ、高い鼻と分厚い唇が武士らしい凜々《りり》しさを宿していた。

寺坂家は直参旗本、家禄三百石、累代に亘《わた》って公儀大番を務める。大番とは十二組、各組五十名の番士から成る将軍直属の軍団で天下に精強を以《もっ》て知られている。各組番頭一名、組頭四名が統括し、組頭は役高六百石、番頭ともなると五千石という旗本の上級職である。従って、旗本の子弟にとっては憧《あこが》れの職務であり、武芸を以《もっ》て将軍に仕《つか》えるという旗本本来の役目でもある。まさしく直参旗本にとっては武門の誉《ほまれ》であった。

寅之助は若水を汲み取ると裃と熨斗目《のしめ》を諸肌脱《もろはだ》ぎにした。初春、夜明けの寒風を撥《は》ね返すように朝日を睨《にら》むや松の木に立てかけておいた長さ三間（約五・四メートル）の鑓《やり》を手に取った。

穂先は千鳥《ちどり》が羽根を広げて飛び立つ姿に似た十文字。このため千鳥十文字と呼ばれる鑓である。

しかもこの鑓、唯《ただ》の鑓ではない。

神君徳川家康《しんくんとくがわいえやす》から下賜《かし》された由緒《ゆいしょ》ある鑓。寅之助の先祖、寺坂要之助元紀《ようのすけもとのり》が大坂夏の陣において家康本陣が真田幸村《さなだゆきむら》の奇襲を受けた際、真田勢を多数討ち取った功により家康手ずから下された鑓なのだ。

寺坂家の家宝として受け継がれ、代々の当主は正月元旦、この鑓を手に誓いを立てる。

天下を乱す悪党をこの鑓で退治する。

寅之助は鑓をしごいた。初日を受けた穂先が神々しい輝きを弾《はじ》く。

猛然たる闘争心が湧《わ》き上がり、鑓を抱えて庭を駆け回る。戦場で鑓働きをする自分の姿を脳裏に描き、鑓を突き出す。

馬の蹄《ひづめ》の音、いななき、武者と雑兵《ぞうひょう》の雄叫《おたけ》び、甲冑《かっちゅう》がこすれ合う音が地鳴りのように響き渡る。

「とう！」

寅之助は群がる敵中に駆け入るや縦横無尽に鑓を振るった。穂先で相手の胸板を突き刺し、石突で背後の敵を突き飛ばす。さらには柄《つか》で武者の面頰《めんぽお》を叩《たた》き割った。

いつしか寅之助の身体《からだ》は火照《ほて》り、全身汗みずくとなる。

白い息を吐きながら、

「神君家康公、この寺坂寅之助元輝、天下を乱す悪党をこの鑓で退治致します」

日光東照宮《にっこうとうしょうぐう》の方を向き誓いを立てた。

儀式を終えた。

爽快《そうかい》な気分になる。全身から湯気が立ち、朝日に煌《きら》めく鑓の穂先を見上げていると寺坂家累代の伝統というものを感じ、強烈な使命感に駆られる。

と、いっても、天下泰平の世、鑓働きがあるわけではない。

「ふん」

つい、失笑を漏《も》らしてしまうのは、せっかく気力が満ち溢れたというのにその持って行き場がないという現実を思ってのことである。自分の気負いがいかにも空回りしているようで、

「一人相撲《ひとりずもう》か」

そう、一人相撲を取っているに過ぎないような虚《むな》しさに襲われる。

そんな気持ちになってはいけないのだろうが、元旦の儀式を終えるたびに感ずることだ。

母の千代《ちよ》がやって来た。

寅之助の胸ほどしかない小柄な身体《からだ》ながら、きりりとした面差しと楚々《そそ》とした佇《たたず》ま

いは武家の妻としての品格を感じさせる。普段は木綿《もめん》だが、今日は元旦ということで絹《きぬ》の小袖《こそで》に打掛《うちかけ》を重ねていた。

「母上、明けましておめでとうございます」

「今年も寺坂家の家名に恥じぬように将軍家に対し忠義を尽《つ》くすのですよ。なんといっても寺坂家は元紀さまが神君家康公をお守りして……」

神君下賜の鐙について千代がくどくどと語る。百も承知のことで、改めて千代の口から聞くまでもないのだが、おろそかにはできない。そう自分を諫《いさ》めていても、いつもよりも早起きしたことと、鐙を使って身体が温まったことで眠気に襲われる。もちろんあくびでもしようものなら、千代は怒り狂《くる》う。

必死で我慢し神妙な面持ちのまま聞き終える。

「よいですね」

千代に念を押され、

「心得ております」

真顔で答え殊勝《しゅしょう》に頭を下げるのも孝行のうちだ。

「今年は身を固めなさい」

「いえ、そればかりは」

予想外の言葉に慌《あわ》ててしまう。

「寿美《すみ》殿のことが忘れられないのですか」

寿美とは二年前に亡くした妻である。寿美は元来が病弱で、嫁《とつ》いで一年も経《た》ぬうちに床《とこ》に臥《ふ》せる日が多くなり、二年前に看病の甲斐《かい》なくこの世を去った。実家である大番組頭飯塚《いいづか》家の当主すなわち舅《しゅうと》の飯塚宗十郎《そうじゅうろう》は病弱な娘を嫁入りさせてしまったという負い目からか、寿美のことは心にかけず、後添いを貰《もら》うよう勧めてくれる。

しかし、寅之助はやもめ暮らしの気軽さから生返事を繰り返すばかりだ。

「寺坂家を途絶えさせてはなりませんからね」

千代に釘《くぎ》を刺され、寅之助は眉間《みけん》に皺《しわ》を刻んでうなずくしかなかった。


桜が盛りを迎えた弥生《やよい》（三月）の十日のことだった。

春の華やぎを切り裂《さ》く凶報が寺坂家にもたらされた。寅之助が蟄居《ちっきょ》処分となったというのだ。

「寅之助、一体何をしでかしたのです」

千代は顔面を蒼《あお》ざめさせた。

寅之助は居間で正座をしている。千代の強い眼差《まなざ》しを受けながら、

「清水中将《しみずちゅうじょう》さまに剣の手ほどきを致しました」

清水中将とは、御三卿《ごさんきょう》清水家の当主で将軍徳川家斉《いえなり》の二十一男斉彊《なりかつ》である。文政《ぶんせい》三年（一八二〇）生まれ、文政十年（一八二七）に清水家を相続し、二年前に元服、従三位左近衛権中将《さこのえごんちゅうじょう》の官位にある。

「剣の稽古《けいこ》をして、それでどうして蟄居謹慎《きんしん》などになるのですか」

「その……」

寅之助は言い辛《づら》そうに語り始めた。

本日の朝、江戸城内、吹上御庭《ふきあげ》において大番による武芸が披露された。将軍徳川家斉、世子《せいし》内大臣家慶《いえよし》が臨席し、老中、若年寄、寺社奉行、町奉行、勘定奉行といった幕閣《ばっかく》を構成する重臣たちも見守る中、寅之助は神君家康下賜の千鳥十文字の鐺の妙技を披露した。

将軍以下、寅之助の鐺捌《さば》きに賞賛の声が上がったのだ。

そこまではよかった。

ところが、その直後、事態は暗転する。

将軍家斉の御曹司《おんぞうし》、清水家当主斉彊と剣の手合わせをすることになった。このところ斉彊は剣の稽古に殊《こと》の外《ほか》執心しており、清水家の剣術指南役からもその腕を誉《ほ》めたたえられていた。このため、斉彊は己《おの》が剣術に自信を持っていた。

将軍直属の軍団である大番相手に自分の腕を試したいと申し出たのだ。

大番頭から相手を仰《おお》せつかったのが寅之助である。手合わせする前に、同僚たちから斉彊の剣術熱心を聞き、加えて手加減されることを嫌うから思うさま立ち合えとけしかけられた。

寅之助もそのつもりである。

たとえ相手が将軍家の御曹司であろうと、武士と武士が武芸を競う以上、手加減などは考えられない。しかも、斉彊は元服した立派な清水家当主である以上尚更《なおさら》である。

そんな思いから木刀で立ち合った。

勝負はあっと言う間、それこそ瞬《また》きする間もなく決着した。

斉彊は木刀を振るうことすらできなかった。凄《すさ》まじい、まさしく戦国武者のような形相《ぎょうそう》の寅之助に迫《せま》られ、腰を抜かし、なんとその場で小便を漏らしたのである。

その場は騒然となった。

斉彊は重臣たちによって運び去られ、将軍家斉は不快感に顔を歪《ゆが》ませた。

じられたのだ。

寅之助は斉彊へ無礼を働いたと譴責《けんせき》され、直《ただ》ちに帰宅して蟄居せよと大番頭から命

二日後の十二日、寅之助の処分が決まった。

使者を迎える寺坂家では、当然ながら朝から緊張の糸が張り詰めている。千代は口をへの字にし、寅之助が謹慎する部屋の襖《ふすま》越しに声をかけた。

「母も覚悟はできております」

部屋の中で寅之助は裃姿で正座をしている。蟄居の期間は月代《さかやき》、髭《ひげ》を剃《そ》ることは許されないため、月代、髭共に伸びている。加えて食事も摂《と》っていないため、頬《ほお》がこけ、目も血走っていた。だが、うらぶれた様子がないのは、寅之助という男の醸《かも》し出す雰囲気《ふんいき》だ。自分は決して悪いことをしたわけではないという強い思いが身体全体から湯気を立てているのだ。

征夷《せいい》大将軍は武家の棟梁《とうりよう》。武士の模範でなくてはならない。従って、その将軍の血筋である斉彊が武芸の鍛錬《たんれん》を積むのは当然のことであり、武芸の鍛錬に手心を加えなかったのは間違っていなかったと思っている。

同僚たちの囁《ささや》き。

「本気でやることをお望みじゃ。決して手加減してはならない」

書院番頭からの言付けだと言った同僚たちの声は今になって思えば、自分を陥《おとしい》れるための奸計《かんけい》であったのだろうが、寅之助自身、手心を加えたくはなかった。

自分は間違っていなかった。

自分が同僚たちから疎《うと》ましく思われていることは気づいている。意固地《いこじ》な武辺者だと陰口を叩かれていることも承知だ。同僚たちと交わろうとしないことからそんな評判となった。

母までが自分のことを意固地だとか融通が利《き》かないとか言うが、それはそれで結構だと思う。武士たる者、商人ではないのだから、世渡り上手などは自慢にはならない。鑓働きで評価されてこその武士である。

その行いによって処罰されるのなら本望《ほんもう》だ。切腹で構わない。そんなことで死罪を賜《たまわ》らなければならないような世の中なら、命永らえたいとは思わない。

見事、この腹かっさばいてみせる。

そう腹を括《くく》った時、

――母上――

そうだ。自分が死ねば、母はどうなる。千代のことだ。決して自分一人だけ生きている気はないだろう。自分が切腹となれば、当然ながら寺坂家は断絶。千代が願ってきた家名存続は途絶えてしまう。

申し訳なさで胸が塞《ふさ》がれた。

「御使者がまいられましたよ」

千代の声がかかった。

「かしこまりました」

寅之助は静かに立ち上がる。

千代が襖を開けた。千代の顔を見るのが辛《つら》い。

「申し訳ございません。わたしは寺坂家を潰《つぶ》してしまいました」

「本当に、親不孝なこと」

千代の目元は言葉とは裏腹に柔らかだ。覚悟を決めたのか、運命を受け入れているのか。

「母上」

思わず声が湿った。

「しっかりなさい。堂々と胸を張って御使者のお言葉をお聞きするのです。あなたは、自分が間違ったことをしたと思っているのですか」

千代の目がきつくなった。

「いいえ、決して。我、事において後悔せず、です」

死期を悟《さと》った剣聖宮本武蔵《みやもとむさし》が書き残した、『独行道《どっこうどう》』に記された文言を使った。

「それでよいのです。わたしに気遣う必要はありません」

「わかりました」

胸を張って縁側に出た。

庭の植え込みにある手水鉢《ちょうずばち》の水面に己が顔が映っている。目に光が宿り、武士らしさを失っていないことを確認した。

居間へと向かい、障子を開けて中に入った。

やがて、縁側を足音が近づいて来る。裃に威儀を正した使者が入って来た。寅之助は畳に平伏した。上座で立ったまま使者は書状を示す。上と書かれた書状を寅之助は見ることはできない。面を伏せたまま使者の言葉を受けるしかないのだ。

「寺坂寅之助元輝、その方、畏《おそ》れ多くも公方《くぼう》さま御曹司清水中将斉彊さまに対し、不届きな振る舞いを致せしこと、まことに無礼千万である」

頭上で使者の声が響き渡る。

不届きな振る舞いなんぞであるものか。そう内心で声を荒らげるがこの期《ご》に及んで見苦しい申し開きなどはしたくない。

「ははっ」

心ならずも畏《かしこ》まった。

使者は威厳を取り繕《つくろ》うように空咳《からぜき》を一つした。これから、裁きが申し渡されるのだろう。寅之助とて嫌でも緊張が高まる。無意識の内に、額《ひたい》から汗が滲《にじ》み、畳を濡《ぬ》らす。

――切腹か――

覚悟していたとはいえ、いざ、そう告げられると思うとやはり平静ではいられない。庭で鳴く小鳥の声が場違いなほど耳に鮮《あざ》やかである。

「よって、大番を解くことと致す。今後、登城には及ばず」

使者は言った。

「………」

これはどういうことか。返事に窮《きゅう》していると、

「寺坂、わかったか」

言葉が返されないことに使者は不満と疑念を持ったようだ。

「は、ははあ。畏まってございます」

寅之助は声を張り上げ、畳に額をこすりつけた。衣擦《きぬず》れの音がしたと思うと、早々に使者が居間から出て行った。

「大番を御免《ごめん》か」

何だか拍子抜けしてしまった。切腹、御家断絶を覚悟していただけにこの裁きは意外であり、疑問にも感じた。いかにも軽い処分だ。

「どういうことだ」

寅之助は狐《きつね》に摘《つま》まれたような心持ちとなった。

ともかく命は助かったということを素直に喜ぶべきなのか。それとも、悲しむべきなのか。

千代がやって来た。千代は緊張をはらんだ瞳で使者の口上を聞かせて欲しそうだ。

「母上、命永らえました。寺坂家の家名もひとまずは無事なようです。御役御免ですみました」

「まあ……」

千代も呆気《あっけ》に取られた。

二

あくる十三日、一人の娘が屋敷を訪れた。大番組頭飯塚宗十郎の娘百合《ゆり》、すなわち亡くなった妻寿美の妹である。

居間で寅之助は千代も交えて三人で語らった。

「まこと、ようございました」

百合は言ってから大番を解かれたのだから、決していいことではないと気づいたようで、あわてて口をつぐみ申し訳ございませんと言葉を改めた。

「まったく、後先を考えない男ですからね」

千代は言いながらも寅之助の命が助かったことと、寺坂家の家名が保てたことの安《あん》堵《ど》と喜びに溢れている。

「わたしは、間違ったことはしておりません。我、事において後悔せず、です」

つい言葉に力を込めてしまい、それが強がりと取られてしまうだろうかと危《あや》ぶんだ。

「これですからね、まったく、反省という言葉がないのです」

千代の苦笑に対して、

「義兄上《あに》らしいですわ」

百合は笑みを浮かべた。

「浄土の寿美殿に顔向けできませんよ」

「姉はこんな一本気な義兄上のことを慕《した》っておりました」

「一本気とは申しません。意固地なだけです」

言葉とは違った千代の温和な表情は、息子の死を願う母などこの世にいるわけがないということを物語っている。

「ところで、腑《ふ》に落ちませぬ。わたしが申しては何ですが、いささか処分が軽すぎるのではないでしょうか」

寅之助は千代に向き直った。

「それは、寺坂家の家名のお蔭《かげ》ですよ。何と申しましても元紀さまは神君家康公よりその鎧働きを賞賛され、家康公手ずから千鳥十文字の鑓を下賜されたのです。まさしく武門の誉。そんな寺坂家の御先祖さまの功を御公儀も考慮なされ、そなたの不作法を大目にみられたのです。御公儀と御先祖さまに感謝なさい」

千代の言葉には説得力があるようなないような。今一つ釈然としない。

「飯塚殿は何かおっしゃっていますか」

寅之助は百合に聞いた。

「父は大変に心配しておりました。今回の御処置にほっと安堵しております。正直、処分の軽さにいささかの驚きを持っております」

百合が答えたところで千代が口を挟《はさ》んだ。

「飯塚さまは何かとそなたのために骨を折ってくださったのですよ」

「かたじけない」

寅之助はこの時にはさすがに後ろめたいものを感じてしまった。飯塚にも寅之助が軽い処置ですんだことが意外の極みのようだ。

「父はこうも申しておりました。昨日、浜田《はまだ》藩藩主の松平周防守《まつだいらすおうのかみ》さまが奥州《おうしゅう》の棚倉《たなぐら》に転封となりました。幕閣は大変な騒ぎだそうです」

「浜田藩の騒ぎに紛《まぎ》れてわたしの処分が軽くなったということですか。政《まつりごと》とはよくわかりませんな」

浜田藩藩主松平周防守康爵《やすたか》の父康任《やすとう》は老中首座を務めた幕閣の実力者だった。ところが、二年前に起きた但馬出石《たじまいずし》藩の御家騒動、いわゆる仙石《せんごく》騒動において出石藩仙石家の筆頭家老仙石左京《さきょう》から莫大な賄賂《わいろ》を受け取っていたことが発覚し、老中職を辞した上に永蟄居処分となった。その子康爵が御家を継いだものの、今回何故か懲罰《ちょうばつ》的な転封を科されたのである。

飯塚によると、康任に更なる罪があったのではないかと噂《うわさ》されているという。

「ともかく、この先は大人しくなさい」

「そのつもりです」

「おりを見て、父が大番に復職できるよう動く気でおります」

「それはまことにありがたいですね」

千代は顔を輝かせた。

「かたじけない」

寅之助も一応は頭を下げたが、本音《ほんね》を言えば復職などはしたくない。意地からではない。あのような……、建前が優先され武芸を磨くよりも上役のご機嫌を取り結ぶのに汲々《きゅうきゅう》としている者たちの中になど戻りたくもない。だが、それを言っては飯塚の苦労を無にする。

「ところで、義兄上」

百合は改まった。

横目に映る千代の顔は心なしか笑みがある。これから語られるであろう百合の話を既に聞いているようだ。

「父が義兄上に剣術の指南をされてはいかがかと申しているのです」

「剣術の……」

「父が懇意《こんい》にしております、道場主、無外流《むがいりゅう》瀬尾誠一郎《せおせいいちろう》先生の道場なのです」

「瀬尾誠一郎……」

評判は耳にしたことがある。回国修行をして行く先々の道場で今氏家卜全《うじいえぼくぜん》と評されるほどだという。様々な大名家から仕官の誘いを受けるが悉《ことごと》く断っているそうだ。

「瀬尾道場の師範代をなさってはどうかと」

百合は言った。

「町道場の師範代ですか」

今一つ乗り気になれなかった。

自分は将軍直属の大番を務める身にあった。先祖は神君家康からその武功を賞賛された。そうした誇りから乗り気になれないということではなく、決して町道場を蔑《さげす》んでのことでもない。江戸の町道場というところは、その道場が盛名を誇れば誇るほど、日本全国から門人が集まる。様々な大名家の家臣たちと交わらねばならない。直参旗本、大番同士の付き合いもままならなかった自分に様々な人間たちとの交流がうまくできるとは思えない。その人間関係の煩《わずら》わしさを思うと、飯塚の心遣いには感謝しつつも乗り気にはなれない。

「よいお話ではありませんか」

千代は言った。

「はあ……」

つい言葉が濁《にご》ってしまう。

「なんですか、その気のない物言いは」

千代の眉間が狭まる。

「いや、その……。わたしで務まるのでしょうかと」

「何を躊躇《ためら》っているのですか」

「町道場となりますと、色々と人間関係を考えねばなりません」

「だからいいのではありませんか」

千代は賛同を求めるように百合を見た。百合は目を伏せ微笑《ほほえ》んでいる。

「よくはないでしょう」

いかにも納得できないように寅之助は返した。

「そういう意固地なところが、今日の事態を招いたとは思いませぬか。武骨《ぶこつ》で意固地なのはかまいません。質実剛健は寺坂の家の家風ですから、そのことを受け継いでいるのはよいのです。しかし、自分の節を曲げないその態度が寺坂の家を危機に追いやったことも確かですよ」

千代の言葉は重い。

「わかっております」

「わかっておるのなら、飯塚さまのお話、お受けしてはいかがか。様々な方々と交わるのはそなたにとってもよいことだと思いますよ。多少の世渡りということも学びなされ」

千代は言葉を重ねた。

寅之助が返事をしないのにもかかわらず、

「百合殿、お父上によしなにお伝えください。寅之助は謹《つつし》んでお受け致しますと」

「承知致しました」

百合は真顔で答えた。

こうなると、引っ込むことはできない。

――やれ、やれ――

重荷を背負った気分になる。もっとも、日がな一日、屋敷に居ることは息が詰まるのも事実だ。

気分転換にはなるかもしれない。

ただそんないい加減な気持ちから引き受けていいのだろうかとも思う。瀬尾に対しても門人たちに対しても。

「では、早速に父に話しますね」

「よろしくお願い致します」

千代は返事をしてからおまえも礼を言いなさいと目で言った。寅之助はあわてて、

「よろしくお願い致す」

話がまとまったところで千代が百合に向いた。

「ところで、百合殿は縁談はどうなのですか」

千代が聞いた。

「わたしなどは」

百合の目元が赤らんだ。

「百合殿なら引く手あまたでございましょう」

千代に賛同を求められた。

「いかにも母上の申される通りです」

このことには素直に賛同できた。すると、何故か百合の目元が寂《さび》しげに陰ったように寅之助の目には映った。

「わたしなどは、とても」

声も寂しげである。

「そんなことはございません。しかし、百合殿に釣り合う殿方となりますと中々いないかもしれませんね」

千代の言葉に百合は答え辛《づら》そうだ。なんだか、百合がかわいそうになってきた。

「母上、それくらいに」

つい声が高まった。

「どうしたのです」

千代は戸惑《とまど》い気味の視線を向けてきた。百合は、

「お邪魔しました。では、瀬尾先生の道場の件は父に伝えます」

「ありがとうございます」

千代が改めて礼を述べると寅之助も頭を垂れた。百合は軽やかな足取りで玄関に向かった。それを千代が見送りに向かう。

「やれやれ」

ともかく引き受けたからにはやってみるしかないだろう。

ふと、寅之助の脳裏には百合が見せた寂しげな表情が過《よぎ》った。

三

明くる十四日の昼、寅之助は瀬尾道場に行く前に飯塚家を訪ねることにした。ともかく、自分の身を案じてくれている舅に礼を尽くさねばならない。いや、最早《もはや》舅とは呼べないか。妻寿美が死んで二年だ。未だに妹の百合は線香を手向《たむ》けに来てくれるが、それも縁談が生じるまでだろう。

長屋門脇の潜《くぐ》り戸から入り、石畳を母屋に向かう。よく手入れされた庭である。舅の趣味は作庭である。庭師顔負けのその技量は、そうしたことに関心のない寅之助もうなるほどだ。ましてや、今は桜の盛りとあって、見事な一本桜の下には緑の芝が敷き詰められ、薄紅の桜の花弁《はなびら》が鮮やかに彩《いろど》っている。

庭の植え込みを剪定《せんてい》している細い男の姿がある。黒地木綿の単衣《ひとえ》を尻はしょりにして鉢巻《はちまき》を巻いて鋏《はさみ》を使うさまは、まさしく植木職人はだしだが、この男が飯塚宗十郎である。

「舅殿、精が出ますな」

飯塚はこちらを振り向き、

「行く気になったか、この一本杉《いっぽんすぎ》」

一本杉というのは飯塚が寅之助を気に入って名付けた。野中《のなか》の一本杉。言いえて妙である。

「これから出向くところです」

「そうか、まあ、ちと待て」

飯塚は何人かいる植木職人にあれこれと指図をして母屋の縁側に腰を下ろし、手拭《てぬぐい》で汗を拭った。目で横に座れと言う。寅之助は軽く頭を下げて横に座る。その間にも飯塚は、

「そこの枝じゃ、違う、もっと手前の」

などと口うるさく松の手入れに指示を飛ばす。落ち着くのを寅之助はひたすら待たねばならない。

「それでよい」

やっとのことで満足した飯塚に、

「こたびは御心配をおかけしました」

礼を述べ立てた。

「思い切ったことをするものよ。しかしな、お主らしいとも思った。考えようによっては、軽い処分ですむしくじりでよかったのかもしれん。この先、もっと重い処分が下ることを仕出《しで》かすかもしれんからな。それはまあ、置いておくとして、瀬尾殿であるがな、お主のことはよく話してある」

「こたびの不始末もですか」

おずおずと尋ねる。

「むろんじゃ。そのことを聞いたら、瀬尾殿は余計にお主に興味を持った。是非、会いたいとそれはもう熱心に申されたぞ」

飯塚は楽しげだ。

「恐縮です」

「お主のことだから、色々と衝突は避《さ》けられんだろうがな、ここらで人間修業をする気になることだ。くれぐれも短気は起こすな。世渡りというものも身に付けねばならん。世渡りも武芸の内と申せば反発するだろうが、それくらいの気持ちになることだ。武骨一筋もよいが、今回の一件で少しは懲《こ》りることだ」

「母もそのようなことを申しておりました」

「そうであろう」

飯塚は我が意を得たりとばかりにうなずく。

「ところで、今回のわたしの処分、舅殿が骨を折ってくださったと存じますが、どうにも軽いような気がして仕方がないのです」

「それか」

飯塚も急に難しい顔になった。それから思案するように腕を組み、

「これは、噂だがな」

と、声を落とした。いかにも辺りを憚《はばか》るような物言いであるが、周りに誰かいるわけでもない。いささか、芝居がかった仕草に苦笑が漏れそうになるのを寅之助はぐっと堪《こら》えた。

「お主の処分に関し、厳罰を求める声がずいぶんと上がったようだ。しかし、それを遮《さえぎ》り、お主の命はもとより、家名も存続させると強く望んだお方がおるそうじゃ」

「どなたですか」

寅之助は大きく首を傾げた。

「さて、そこじゃ。誰とはわからんが、よほどのお方であろう。だから、わしは逆に聞きたいのだ。お主、心当たりはないかとな」

飯塚は目線を凝《こ》らした。

「さて」

寅之助も思案するように腕組みをしたが、雲を摑《つか》むような話である。

「御公儀の重職に懇意にしておるお方はおらんのか」

「いいえ」

寅之助は即座に首を横に振る。全く心当たりはない。

「お主は知らずとも、亡き金之助《きんのすけ》殿が親しくされておられたお方はおらぬか。そうじゃ、碁《ご》……」

「ご……」

首を傾げたところで、

「囲碁《いご》じゃ。金之助殿は碁の名人であられたではないか。碁好きというものはのう、身分の上下に関係なく交わるもの。碁を通じた交流があるのではないか」

「さて……」

「よく、思い出してみよ」

「父は確かに碁が好きでございましたが、もっぱら、同僚の方々や親戚筋、時に非番の時などに町方に足を延ばし、碁会所で見知らぬ者と打っておったようです。大きな声では申せませんが、分限者と賭《か》け碁などもしておったようで、時にいくらかの金子《きんす》を得たりして帰ってまいりました」

「よく思い出してみよ。金之助殿は幕閣の御重職にあるお方と碁を打っておられたのではないのか。いや、どうしてこんなことを穿鑿《せんさく》するかと申すと、今後、そのお方と誼《よしみ》を通じておけば、お主は大番に復職できるやもしれぬのだぞ」

舅は親切で言ってくれているのだろうが、はっきり言ってもう戻る気はない。また、自分の不始末を軽減するだけの力ある者となると、舅が言うように幕閣の重要な地位にある者、たとえば、老中ということになるが、そのような大物と父が懇意にしていたとは聞いたことがない。

なんとなく気分がもやもやとしたが、考えてみたところでどうにもならない。飯塚も寅之助が見当もつかないことに諦《あきら》めたのか、

「ま、そのことはよい。いずれにしても、お主のことを買っておるお方が御公儀の上層部におられるということだけでも心強いものじゃ」

「はあ……」

「話は変わるが、百合にも困ったものでな」

飯塚の眉がひそめられた。

「いかがされましたか」

「こう申してはなんじゃが、百合は寿美同様、わが娘とは思えぬ器量良し、おまけに、人柄も明朗。それゆえ、嫁に欲しいという話は後を絶たない。百合にも、縁談を持ちかけてはおるのじゃが、百合の奴、まだ嫁に行きたくはないと申すばかりでな」

「それはまたどうしてでしょう」

「ようわからんが、あの頑《かたく》なな態度、ひょっとして好いておる者がおるやもしれん。お主、心当たりはないか」

「いえ、とんと」

「まことか」

「嘘《うそ》などついて何になりましょう」

「それはそうだが……」

「寿美が死に、その悲しみが癒《い》えないのではございませんか」

「そうかもしれん。まあ、幼い頃より仲のいい姉妹であったからのう」

「寿美の生前も、なんやかやとよく遊びに来ておりました」

「未だに通っておるほどじゃ」

飯塚は苦笑を漏らす。

「ご心配には及びませんぞ。百合殿も年頃となれば、おのずと縁付きましょう」

「年頃になればと申すが、もう十九じゃ。そろそろ覚悟を決めてもらわねばな」

飯塚は咲き誇る桜を見やった。桜だって、散る。姥桜《うばざくら》となっては遅いのだと言いたいようだ。

「では、これにて失礼致します」

「しっかりな。くれぐれも瀬尾殿によしなにな」

飯塚は瀬尾への紹介状を渡してくれた。寅之助はありがたく頂戴《ちょうだい》した。

「お主、一旦、屋敷に戻るのであろうな」

「どうしてですか」

「髭だ」

飯塚は当然の如《ごと》く言った。

月代は剃り上げているが、髭は蓄《たくわ》えたままだ。いや、蓄えたのではなく、蟄居中に剃ることが許されないまま、それをいいことに放ってある。寅之助は頬から顎にかけて撫《な》でさすった。じょりじょりとした感触がいつの間にか当たり前になっていて、これがないと頼りなくて仕方がない。

「やはり、剃らねばなりませんか」

「それはそうだ。いや、まてよ。案外、その方がお主の風貌《ふうぼう》に似合うし、わしが瀬尾殿に話した印象を体現しているやもしれん」

飯塚はおかしそうに笑った。

「舅殿、瀬尾先生にどのように申されたのですか。一本杉のような男とでも申されましたか」

「おうさ。それに加えて、時代遅れの戦国武者のような男だともな」

飯塚は高笑いをした。

戦国武者。

言われて文句はない。それどころか、うれしくなった。それこそが寅之助の理想。神君家康公下賜の千鳥十文字の鑓を携《たずさ》えて戦場を疾駆《しっく》する。戦国の世の真柄十郎左衛門《まがらじゅうろうざえもん》や加藤清正《かとうきよまさ》のように。

「馬鹿、誉《ほ》められたとでも思っているのか」

飯塚は渋《しぶ》い顔をした。

「はあ」

「まったくお主という奴は。ま、瀬尾殿はそれゆえ、興味を持たれたのだ。だから、一度、素のお主をお見せするのも悪くはあるまいて」

「承知致しました」

「但《ただ》し、短気を起こしてはならんぞ」

飯塚は釘を刺した。

四

寅之助はずいぶんと道に迷いながら雉子町《きじちょう》にある瀬尾道場へとやって来た。黒地無紋の小袖に裁着袴《たっつけばかま》という出で立ち、千鳥十文字鑓を担いだ髭面の武士は自然と人々を遠ざける。途中、

「すまぬ、ちと尋ねるが」

と、瀬尾道場の所在を尋ねただけなのに、

「ご勘弁を」

とか、

「すいません」

と言葉を返す者はましな方で、ほとんどの者が視線を合わせることもなくそそくさと逃げて行く。もっとひどいのになると、

町廻りをしている八丁堀《はっちょうぼり》同心に助けを求めてしまった。ところが、これが幸いした。八丁堀同心は寅之助を見て浪人者と思ったようだ。

「貴殿、この者に危害を加えようとされたか」

「とんでもない」

「お役人さま」

「姓名をお聞かせ頂こう」

いかにも十手《じって》をちらつかせた横柄《おうへい》な態度だったが、短気を起こしてはならぬと自分を宥《なだ》め、素性を告げる。八丁堀同心は訝《いぶか》しみながらも、直参旗本と聞き、

「丁度よい、無外流瀬尾誠一郎殿の道場にまいりたいのだ。道を教えてくれ」

という言葉に迷いはしたが、寅之助が町人に危害を加えていないことからそれ以上の追及には及ばず、道順を教えてくれた。

「そうか、さっき来た道を右手に行けばよかったのか」

己が迂闊《うかつ》さを悔《く》いながら道を引き返した。

天水桶を目印に、横町を中に入って行く。

どんつきが町道場になっていた。

近づくにつれ、気合が聞こえる。それを聞いただけで、胸が昂《たかぶ》ってきた。

「これだ」

そう、まさしく、武芸修練の場。それこそが、寅之助が求めている場である。武者窓から道場を覗《のぞ》く。紺の胴着に身を包んだ武士が、木刀を手に型の修練をしていた。見所に視線を向けると、端整《たんせい》な面差しの武士が正座をしている。

「あれが、瀬尾誠一郎か」

実際に見る瀬尾は思ったよりも若かった。歳の頃、三十前後か。色白で静かな佇まい。双眸に力強い光をたたえ、頬骨が張った面差しは禁欲的な暮らしぶりを物語っている。

「楽しみだ」

胸が高鳴った。

よき男と巡《めぐ》り合ったのかもしれない。

寅之助は瀬尾を紹介してくれた飯塚に感謝した。

「よし」

気合を入れて道場の木戸門を潜った。道場の入口に足を向け、

「頼もう」

と、怒鳴《どな》ろうとしたところに若い門人がひょっこりと顔を出した。青瓢簞《あおびょうたん》のよう

なきゃしゃな男だ。どこか憎めない面差し、頼りなげな雰囲気を漂わせている。一目見て、

——こいつはできんな——

そう確信させるだけの青瓢箪である。

「瀬尾先生にお取り次《つ》ぎ願いたい」

寅之助は堂々と胸を張った。

「失礼ですが」

男は問い返してきたが、その目はうろんなものでも見るかのように侮蔑《ぶべつ》に彩られている。それを見ると寅之助はつい腹立たしくなった。それでも、素性を明かしていない無礼を思い、

「拙者《せっしゃ》、元大番寺坂寅之助と申す。本日は瀬尾誠一郎先生をお訪ねした」

若い男は警戒心を解かず、

「元大番とはいかなることでござる」

その詮索めいた物言いが癪《しゃく》に障《さわ》る。

「故《ゆえ》あってでござる」

「故とは」

しつこい男だ。

「貴殿に仔細《しさい》を申す必要はない。さっさと取り次げ」

つい言葉の調子が激しくなった。

「取り次げとは無礼な」

男も負けていない。

「よいか、おれは、瀬尾先生に……」

懐中から持参した飯塚の紹介状を取り出そうとしたが、

「あれ」

確かに入れたはずの紹介状がない。落ち着けと自分に言い聞かせる。絶対に入れたはずだ。右手は鑓で塞がっているため左手で探っていたが鑓を脇に抱き、右手も使って探し始めた。男の不審感はいやが上にも高まる。その目は吊《つ》り上がり、寅之助の所作を疑わしげな視線で注視した。そしてついには、

「いかがされた」

と、冷めた口調で問うてきた。

「いや、瀬尾先生への紹介状をな」

言いながら探したが、焦《あせ》るあまり出てこない。髭だらけの容貌、千鳥十文字鑓を携

えたその姿に、

「貴様、道場破りか」

と、ねめつけてきた。

「違う。道場破りなんぞであるものか」

「怪しい者、よくも騙《かた》ったものだな、大番とは。貴様のようなむさい男が畏れ多くも公方さまの御身をお守りする大番なんぞであるものか」

「おのれ、拙者を愚弄《ぐろう》するか」

「愚弄ではない」

男が眦《まなじり》を決したところで、道場から数人の門人たちが現れた。

「青山《あおやま》、どうした」

若い男が声をかけられた。男は青山というらしい。

「道場破りです」

青山と呼ばれた男の声によって門人たちは色めき立った。

「拙者が相手致す」

「いや、拙者が」

門人たちは寅之助を道場破りと決めてかかり、腕まくりをして挑みかかってくる。

――来るんじゃなかった――

そう思ったが、全ては身から出た錆《さび》である。きちんと髭を剃り、紹介状を差し出せばこのような事態も招かなかったのである。世間というやつは、つくづく面倒なものだ。

「いや、だから……。拙者は」

ここは落ち着いて素性を告げようと思った。しかし、その間にも門人たちに取り囲まれてしまった。

木刀を手に血走った眼で今にも襲ってきそうだ。だが、寅之助に恐怖心はない。構えや間合いを見れば、難なく撃退できる。鑓の穂先を繰り出すことなく、柄と石突を使って一瞬の内に地べたに這《は》わすことができるだろう。

問題はいかに怪我《けが》を負わせることなく退治するかだ。

いや、短気を起こしてはならない。

舅飯塚宗十郎の紹介だ。飯塚の面目にもかかわる。ここは穏便《おんびん》に事を運ばねば。

「やめよ」

寅之助は声をかけた。

「この期に及んで逃げるか」

門人たちは勇《いさ》んだ。

「逃げるのではない。つまらぬ喧嘩《けんか》をして怪我をしては何もならんぞ」

「こいつ、我らに勝つつもりでおるぞ」

門人たちは色めき立った。

つくづく面倒なことになったものである。我も我もと勝負を挑まれる中、段々と嫌気がさしてきた。

そこへ、

「いかがしたのですか」

落ち着いてはいるがいかにも威厳のある声がした。門人たちがさっと左右に分かれ頭《こうべ》を垂れた。瀬尾誠一郎がやって来た。

「道場破りです」

門人の一人が言う。瀬尾は澄んだ眼差しを寅之助に向けてきた。寅之助は思わず睨み返してしまう。

「先生、わたしが相手になります」

青山が申し出た。他の門人たちも我先にと願い出る。しかし、瀬尾は、

「他流試合は禁止しておりますよ」

と、落ち着いて告げる。

「しかし、この者」

青山に睨まれたところで、

「瀬尾先生とお見受け致す。拙者、元大番、寺坂寅之助でござる。大番組頭飯塚宗十郎殿の紹介により、まかり越しました」

そう勢いよく告げた。

瀬尾は静かに微笑んでうなずく。

「入られよ」

そう言うと門人たちがざわめいた。

「この者、大番を騙っております」

青山が言った。

「紹介状も持っておりません」

他の門人たちも言う。

「いえ、この方は元大番寺坂寅之助殿に間違いござらん。千鳥十文字の鐺、そして、なにより、戦国武者の如き風貌が物語っております」

瀬尾が言うと門人たちに動揺が走った。

第二章　新たな門出《かどで》

一

驚く門人たちを横目に寅之助は道場の中に入った。まずはと玄関脇にある控《ひかえ》の間に通される。八畳敷きの部屋は一切の装飾がなく、畳の縁《ふち》も擦り切れている。そんな殺風景な空間は、瀬尾道場の質実剛健さを伝えているようで寅之助には好感が持てた。

瀬尾がやって来て寅之助の正面に座った。

「門人たちの無礼、お詫《わ》び申し上げる」

瀬尾が頭を垂れた。

「わたしのこの風体が災いしたといささか反省しております」

寅之助は苦笑を漏らした。

「言い訳ですが、近頃、道場破りと称して銭をせびりに来る者が後を絶ちません。それゆえ、門人たちもいささかぴりぴりしております」

大抵は食い詰め浪人で、道場破りの名目で町道場に押し掛けてきては立ち合いを求める。その真意はいくばくかの銭が欲しいだけなのだ。

「実に品性下劣な者たちですな」

そう返したものの、そんな連中と見間違われた自分が情けない。

「門人たちの不逞はわたしの責任、まこと失礼の段、平に御容赦《ようしゃ》くだされ」

再び丁寧《ていねい》に詫びられ、恥ずかしさが募ってしまう。

「まあ、その辺で」

堪《たま》らず寅之助も頭を下げる。

「それで、わが道場の師範代、お務め願えますか」

「まずはわたしの腕を試されてはいかがですか」

「その必要はないでしょう」

瀬尾はさらりと言ってのけた。

「わたしが元大番だからですか。それとも、飯塚殿の紹介だからですか」

「むろん、飯塚殿のご紹介で寺坂殿のお人柄、武芸に関する腕前をお聞きし、それは信用しております。それに加えて先ほどの門人たちとのやり取り。失礼ながら垣間見させてもらいました」

「みっともないところをお見せしただけだと存じますが……」

「青山とのやり取りでは、町場の者とのやり取りに慣れておられないがための戸惑いを示されはしたが、門人たちに取り囲まれた時の水際立った対処。まことに見事であられた」

「あれがでござるか」

自分は格別何もしていないし意識もしていなかった。ただ、門人たちと対しただけである。瀬尾が言うには、十人近い門人たちに囲まれても、寅之助には微塵《みじん》の動揺も、怯《おび》えもなかった。また気負いというものも見られなかった。相手の様子を窺《うかが》う素振りすらも示さなかった。

「ご自分の腕を信じておられるからに他ならず。決して過信ではない。相手がどう打ちかかってこようが、叩き伏せられるという間合いを見極め、落ち着いた対処ができるのを当然なこととして、そう、日常の暮らし、まるで食事をするような気軽さでできるからこその対処だと思った次第」

瀬尾はそこまで言ってから、先ほど自分が止めに入ったのは己が技量もわきまえず門人たちが寅之助に挑みかかって、返り討ちに遭《あ》い、怪我でもしたらまずいと思ったからだと言い添えた。

「ずいぶんとわたしの腕を買ってくださっておるようですが、いささか買い被《かぶ》りと申すもの」

「わたしはこれでも日本全国を歩き、各地で腕に覚えのある者を数多《あまた》見てまいりました。剣客《けんかく》を見る目は確かと自惚《うぬぼ》れております」

瀬尾は寅之助の返事を待たず門人に引き合わせるからと腰を上げた。

「では、着替えを」

「いや、今日は取りあえず顔合わせということでござる」

瀬尾に急《せ》きたてられるようにして寅之助も腰を上げた。鐗は長押《なげし》に置いておいた。

控の間を出て廊下を奥に向かうとすぐに道場になっている。五十畳ばかりの板敷には大勢の門人たちが稽古の手を休めていた。おそらく、瀬尾に伴われ寅之助が来るのを待っていたのだろう。

道場に足を踏み入れる頃にはざわめきが静まり返った。門人たちの視線に寅之助の噂が広まっていることがわかる。見所で瀬尾の横に正座をした。

「みな、聞いてもらいたい」

瀬尾は切り出した。

門人たちは板壁に沿って着座した。みな、ぴんと背筋を伸ばしこちらに顔を向けている。一番末席に青山という若い男の顔もある。青山の表情は複雑だった。

「先だってより申しておるが、わたしが出稽古に赴《おもむ》く際、こちらの寺坂寅之助殿を師範代としてお迎えした。みなもそのつもりでいて欲しい」

その一言で道場がざわついた。

「静まれ」

瀬尾が告げる。

静かだが威厳を含んだその口調にざわめきは収まったものの、門人たちの間から戸惑いが消え去ったわけではない。門人たちからすれば、見ず知らずの髭面、そう、道場破りと見まごうような男が師範代と言われても容易には受け入れられないだろう。

瀬尾は寅之助の人となりを紹介した。いわく、元大番にして宝蔵院流槍術《ほうぞういんりゅうそうじゅつ》の名人、加えて剣は我らと同じく無外流の使い手で目録の腕前であると、その武芸達者振りが披露されるに及んでも門人たちからは不安は去らず、半信半疑の様子である。

無理ないことだ。道場破りもどきのむさい男がそんな華麗《かれい》な武芸遍歴を持っているいると紹介されたところで俄《にわ》かには信じられないに違いない。それでも、自分たちの師である瀬尾が紹介する以上、表立って疑問を差し挟めるものではない。みな神妙に押し黙ってしまった。

すると、一番末席から青山が立ち上がった。

「拙者、南町奉行所定町廻り同心青山民部《みんぶ》と申します」

なんだ、こいつ八丁堀同心だったのかと寅之助は意外な思いがした。

「なんじゃ」

瀬尾は至って穏やかに尋ねた。

「失礼ながら、先生が寺坂さまを御紹介くださいましたからには、仰った如く当道場の師範代にお迎えするに不足ない技量の持ち主だとは存じますが、まことに失礼ながらその腕前ご披露願えませぬか……」

民部の両目は吊り上がっている。あたかも自分が相手になるとでも言いたいようだ。

「それでは……」

寅之助は応じようとしたが瀬尾が制した。

「おまえが相手になるようなお方ではない」

その毅然《きぜん》とした物言いに民部は言い返す術《すべ》もなく言葉を呑み込んだ。門人たちの間から失笑が漏れる。民部は顔を真《ま》っ赤《か》に染め、拳《こぶし》を握りしめたまま立ち尽くしたが、やがて師に対する非礼を思ったのか腰を下ろした。

「以上である。みな、稽古に戻れ」

瀬尾が言うと門人たちは各々稽古を始めた。寅之助はしばらくの間、門人たちの動きを目で追った。太刀筋《たちすじ》のきれいな者が多い。瀬尾の教えを素直に聞いている者ばかりなのだろう。

ふと民部に目をやった。民部は肩を怒らせ、必死で素振りを行っている。その様子は玄関で応対した若者そのものである。

根っからの生真面目《きまじめ》、そして不器用な男なのだろうと思った。そう思って自分も不器用さでは負けないと民部に興味を持った。しばらくして、

「何時《いつ》から来て頂けますかな」

瀬尾が問いかけてきた。

いつでもかまわない。どうせ暇《ひま》なのだ。

「明日からでも来られますが」

「では、明日からということでよろしく願いたい」

瀬尾に言われるまま承知した。

控の間に戻り、長押に置いた鐺を取り、玄関から外に出た。

今日は花冷えか。

風がやたらと冷たい。と、思ったらくしゃみが出た。懐紙を取り出し鼻をかむ。すると鼻に違和感を抱いた。妙にごわごわとしているのだ。

おやっと思って懐紙を見ると、

「なんだ」

懐紙には飯塚からの紹介状が挟んであった。そういえば、飯塚の屋敷を出て懐紙に挟んだことを忘れていた。我ながら迂闊にも程がある。鼻水にまみれた紹介状を今更差し出すわけにもいかない。

「しょうがない」

決してしょうがなくはないのだが、そう自嘲《じちょう》気味な笑みが漏れてしまった。

ともかく、瀬尾との面談は無事終わった。明日から稽古を見ることにもなった。めでたしめでたしとまではいかないが、まあよしとしとこう。

千鳥十文字の鐺を担いで歩き出した。

いい気分だ。

ともかく、自分が訓練を積んできた武芸を求められ、それが役に立つ現場を得られたということは何よりも喜ばしい。これまでに自分が行ってきたことが無駄ではなかったという思いが込み上げてきた。

ふと町場の縄暖簾《なわのれん》で酒を飲みたくなった。

一杯やろうか。

「いや、いかん」

自分を諫める。働き口が決まったからといってもこれで気を緩めてはならない。今日は真っ直ぐ屋敷へ帰るべきだ。そう思って、春風に翻《ひるがえ》る縄暖簾を恨《うら》めし気に一瞥《いちべつ》して歩みを速めた。

ふと、背中に視線を感じた。

振り返る。

町場の雑踏、人の波があるだけだ。気のせいか。瀬尾道場に行って来たばかりということで気が立っているのかもしれない。

再び歩き始めた。

夕風は冷たいが、桜をまだ愛《め》でることができる。瀬尾道場の師範代に決まったことを、自分の新しい門出を、祝ってくれているような気分に包まれる。

「おう!」

思わず雄叫びを上げてしまった。

二

民部は稽古を終え、庭の井戸で身体を拭っていた。青白いのは顔ばかりでなく、薄い胸板、頼りなげなその身体つきはいかにも青瓢箪の如しだ。そのことは民部自身が痛いほどわかっており、門人たちの逞《たくま》しい身体を見るとつい気後れしてしまい、その輪に加われない。

瀬尾道場に通い始めて半年。

一向に腕は上がらない。定町廻りになって一年、手柄らしい手柄を立ててもいない。それどころか、昨年の葉月《はづき》（八月）、捕物出役《しゅつやく》において盗賊を取り逃がすという失態を演じてしまった。匕首《あいくち》を持って暴れ回る盗賊に腰が引け、応戦することもできず逃げられたのである。

幸い、その盗賊は翌日潜伏中のところを捕縛されたが、逃亡されたままだったら責任重大である。それでも、捕物の際のしくじりを責められ、三日間の出仕停止となった。同僚たちの蔑みに堪《た》え、汚名返上の決意で瀬尾道場の門を叩いた。剣の修練を積むことこそが一人前の八丁堀同心になることだと思ったのだ。

もっとも、同僚たちが通う八丁堀の道場は避けた。少しばかり足を延ばし、近頃評判の瀬尾道場に通うことにしたのだ。非番の日、あるいは早めに町廻りを終えた時などは欠かさず通っている。

「今日来た師範代」

「ああ、寺坂とか言ったな」

「元大番とはな」

門人たちが寅之助について噂をしている。聞き耳を立ててしまうのは、民部も寺坂寅之助という男が気になっているからだ。

「なんだ、あの風体」

「道場破りかと思ったぞ」

「まるで浪人だな。十文字鑓なんか持ち歩いてな」

連中は大名家に仕える藩士たちで、みなそれぞれに腕に覚えのある者たちばかりだ。

「どうして大番を首になったのだろうな」

「首になったのか」

「元大番ということは、今はその任ではないということだろう。じゃあ首ってことじゃないか。大番を首になるというのはよっぽどのことを仕出かしたのだぞ」

「違いない。あの風貌からして、きっと、とんでもない失態を仕出かしたに違いないさ」

男たちは好き勝手なことを噂し合った。

民部は黙々と身支度《みじたく》を終えて帰途に就いた。


八丁堀の組屋敷へと戻って来た。夕焼け空が目に沁《し》みる。

薄ぼんやりとしてきた情景に、南北奉行所に勤める与力・同心の屋敷が連なって見える。与力の屋敷は三百坪で同心は百坪、門構えは与力が冠木門で同心は木戸門、一目で違いが分かる。だが、八丁堀には与力・同心ばかりではなく、彼らの敷地内に地借りする医者や町方の学者なども多く住まいしていた。

と、胸がときめいてしまった。どきどきとする。その原因ははっきりとしている。向こうから歩いて来る女性だ。

民部と同じ南町奉行所の臨時廻り同心御手洗《みたらい》佐平次《さへいじ》の娘志乃《しの》である。八丁堀小町《こまち》と評判の美貌は八丁堀界隈《かいわい》ではつとに名高く、誰の元に嫁ぐのか、酒の席では必ず話題になる。民部自身も熱い想いを寄せている一人だ。

だが、到底自分には高嶺《たかね》の花であると思っている。

「ごきげんよう」

志乃が立ち止まって挨拶《あいさつ》をしてきた。民部もつい足を止め、ぺこりと頭を下げた。

「剣術のお稽古ですか」

胸が高鳴る。

「はい」

と、返事をしてから二の句が継げない。

「青山さまは、まこと生真面目なお方と父が申しておりました」

志乃はそれだけ言い置いて、ごきげんようと頭を下げてから立ち去った。甘い香りが鼻先をかすめた。

もっと話をすればよかった。どうして言葉を交わさなかったのだろう。稽古の様子でもいいではないか。それなのに……。

自分が情けなくて仕方がない。

志乃への慕情と、もっと言葉を交わせばよかったという後悔に胸を焦《こ》がしながら自宅へと戻った。父太兵衛《たへえ》が亡くなって三年。母美紀《みき》と二人暮らしだ。通いの下男夫婦

る。

木戸門を潜ると、侘《わび》しさを感じないのは、美紀の明るい人柄のためだ。庭はきれいに掃除が行き届き、季節の花々の鉢植えが縁側に並んでいる。それを見つめるだけで民部の気持ちは癒《いや》され、明日への活力が生まれる。

母屋の格子戸を開け、中に入る。

「ただ今、戻りました」

できる限り、明るく挨拶をする。すぐに美紀の元気な声が返された。美紀は玄関の式台に三つ指をついて民部を労《ねぎら》ってくれた。湯で足をすすぎ居間に向かう。

美紀はすぐに夕餉を整えてくれた。

美紀の給仕で飯を食べた。蜆汁《しじみじる》に鰯《いわし》の塩焼き、大根の浅漬け、蒟蒻《こんにゃく》と牛蒡《ごぼう》の煮しめだった。飯を食い、落ちつくと、

「本日、瀬尾先生の町道場に新たに師範代の方がいらっしゃいました」

「どんなお方なのですか」

「大番……。元大番で寺坂寅之助さまというお方です」

元とつけていいのか迷ったが、あるがままに話した方がいいと判断し、そう言っ

た。気にするかと危ぶんだが、美紀は元ということには触れず、心底感じ入ったようにそれは大したものですと賞賛の言葉を繰り返した。

「さすがは、瀬尾先生のご高名ならではでございますね」

「まったくです」

「そのようなご立派な方に剣の手ほどきを受けるなど、民部殿は幸せ者でございますよ」

美紀は息子に対して敬称をつけ丁寧に接する。一人息子への愛情に満ち溢れていた。

「それで、その寺坂さまというお方、どんなお方なのですか。お名前を聞きますと、ずいぶんと勇ましいではありませんか。まるで、戦国武者のような」

民部の顔から思わず笑みがこぼれてしまった。寅之助の古武士然というか、まさしく戦国武者のような風貌を思い出したのだ。

「どうしたのです」

美紀も釣られるようにして笑みを浮かべる。

「それが、お名前と同様、まさしく戦国の豪傑《ごうけつ》のようなお方なのです。顔は髭に覆《おお》われ、眼光鋭く、千鳥十文字の鑓を小脇に抱えて、大股でのっしのっしと歩くさまはま

「真柄十郎左衛門か虎《とら》退治の加藤清正です」

「真柄十郎左衛門か加藤清正ですか、それは凄い」

美紀も手を打って笑い声を上げた。

「そんなお方ですから、寺坂さまが道場を訪ねていらした時、わたしが応対に出たのですが、なんとわたしとしましたことが、道場破りの浪人者かと門前払いをしようとしたのです」

「まあ」

美紀は楽しそうだ。

「抜かっておりました」

「大抜かりですよ。でも、そのようなお方でしたら、民部殿に限らず誰でもそのように応対することでございましょう」

「そうですよね」

親子は楽しげだ。

民部は家で母にこのように毎日の出来事を話している。母相手だと自然と言葉数が多くなってしまう。美紀の持つ明朗さがそうさせてしまうのか、民部自身が母にだけは気が許せるからなのか、親一人、子一人の絆《きずな》がそうさせているのか。

おそらくはそれらがない交ぜとなっているのだろう。

「今頃、今真柄さまはくしゃみをなさっておられるかもしれませんよ」

美紀が言うと、

「違いありません」

民部も賛同した。

二人はひとしきり笑ってから美紀が民部に向き直った。

その改まった態度を見ると美紀が言おうとしていることの予想がつく。民部も笑顔を引っ込めた。

「縁談の話があるのです。北町の例繰方《れいくりかた》の……」

ここまで言ったところで、民部はそれ以上はおっしゃらないでくださいというように手で制した。

「でも……」

美紀の気持ちは痛いくらいわかる。民部は二十三歳、父を亡《な》くした青山家にとっては大事な当主。一日でも早く嫁を貰ってもらいたいと思うのは母として当たり前である。だが、民部は貰う気はない。志乃への未練がある。もちろん、自分には高嶺の花。よもや、自分の嫁になってくれるとは思えないが、それでも、ひとり身でいれば、一縷《いちる》の望みというものが残っている。所帯を持ってしまったらその万が一の望みもなくなるのだ。しかし、このことは口には出せない。美紀はしばらく考える風であったが、

「民部殿、もしかして想い人がおるのですか」

と、民部を気遣うような眼差しを向けてきた。

「そ、そんなことございません」

つい声が裏返ってしまった。それが美紀の不審を誘ったようで無言ではあるが、その訳を目で問うてきた。

「手柄です。定町廻りになって一年も経つというのに、手柄らしい手柄を立てておりません。手柄を立てぬ内は一人前とは申せません。半人前で所帯を持つなど笑止でございます」

「笑止とは思いませんよ。所帯を持つということは、それだけ責任を負うものです。自《おの》ずと御用にも大きな励みとなります」

「母上の申されること、よくわかります」

「では、見合いをしてみますか」

美紀は期待に笑みをこぼした。

「いいえ」

つい口調が強くなった。その激しさに美紀が驚いてしまった。母を脅《おど》かすような態度を取ってしまったことを悔いたものの、縁談が進むことは避けたい。

「母上、言葉が過ぎました」

民部は両手をついた。

「いえ、顔を上げてください。そんなに気が進まないのなら、無理に縁談を勧めようとは思いません。母が先走ったようですね。民部殿の気持ちを考えずに、一人ではしゃいでしまったようです」

美紀は自嘲気味な笑いを浮かべているが、そこには計り知れぬ寂しさを漂わせていた。

「申し訳ございません」

つい謝ってしまった。

「なんだか、湿っぽくなりましたね。いけません。明日の御用に差し支《つか》えます。何か楽しいお話をしましょう」

「そうですね」

と、急に言われてもできるものではないが、結局、今真柄こと寺坂寅之助の話題になり、親子で楽しく語らった。

なんだか、寅之助に悪い気がしたが、ろくに口を利いたこともない内に、寅之助に対する大いなる親しみが湧いてきた。

三

それから、三日後の十七日。

寅之助は見所に座って稽古を見ていた。が、ただ座っているのも芸がないと思い、木刀を振るう門人たちの間を回り始めた。門人たちは寅之助にどう対応していいのかわからず、まだ戸惑っている。それでも、時折門人の方から、

「師範代殿、わたくしの太刀筋をご覧ください」

などと教えを乞《こ》うてくる門人もいる。

「やってみせい」

快《こころよ》く寅之助は応じる。門人は気合を込め木刀を振るう。

「もう少し、力強さが欲しい。いくら稽古でも、常に敵と対することを念頭に置け。一太刀《ひとたち》で仕留めるつもりで行え」

と、自らやってみせる。門人は感心して見ているが、寅之助からすれば退屈この上ない。

すると、

「あの、わたくしの太刀筋ですが」

遠慮がちの声をかけてきたのは青山という若者、確か八丁堀同心であった。自分を道場破りと間違えた男だが、それも無理からぬことだと怒ってはいない。

「よかろう、やってみせい」

寅之助が言う。

民部は力を込め、木刀を振るう。

「駄目だ、腰が据《す》わっておらん」

寅之助は言った。

「申し訳ございません」

もう一度民部は素振りを行った。全く良くならない。

「駄目だ」

「申し訳ございません」

民部は深々と腰を折った。

「一々、謝らなくてもいい」

注意をしたところで、民部がまたしても謝りそうになったが、さすがにそれは止め、顔中に汗して懸命に木刀を振るい始めた。

「何遍言ったらわかる。腰を入れろ」

寅之助は木刀で民部の尻を叩いた。民部は小さく悲鳴を上げた。それを見ていた門人たちが失笑を漏らす。民部は恥ずかしさと焦りからだろう、真っ赤になった。

「おまえたちは、門人の稽古を見て嘲《あざ》笑うのか。それでも、同門の者か」

寅之助は門人たちを怒鳴りつけた。門人たちはばつが悪そうな顔をする者、不貞腐《ふてくさ》れたように顔をそむける者、様々であった。しかし、民部にばかりか寅之助にも冷ややかな視線を向けてくるのに変わりはない。寅之助を受け入れていないということだ。

「わたくしが悪いのです。わたくしが下手《へた》なのですから」

民部は道場の空気が重くなったことを気にしているようだ。

「下手は下手だ。下手だから稽古するのであろう」

寅之助は声を大きくした。

「ごもっとも」

民部は懸命に素振りを行った。ひたすら行っている横で寅之助は黙って見ている。百回も素振りをするとへろへろになってよろけてしまった。

「しっかりせい」

寅之助は容赦なく木刀で尻を叩いた。それから、

「よいか。明日から、朝晩、素振りを五百回、一日で千回行え。下手でかまわん。まずは、それを行うことができるだけの身体になることだ。剣の道に進むのはそれからということになる。それまでは道場に来ずともよい」

「承知致しました」

民部は汗にまみれた顔で答えた。

「うむ、素直でよい」

寅之助は心底そう思った。この男、人の意見に耳を傾《かたむ》けることができる。

するとその時、

「頼もう！」

という大声が玄関から聞こえた。耳にするだにうろんな声音である。民部が応対に向かった。

民部は道場の入口に至った。

そこには、月代、髭が伸び放題、襟垢《えりあか》の付いた小袖、よれた袴といういかにもな浪人者が立っている。

「瀬尾誠一郎先生の道場ですな。拙者、相州《そうしゅう》浪人赤塚木右衛門《あかつかきえもん》と申す。目下、回国修行中の身にございますれば、是非とも瀬尾先生にお手合わせ、ご指導を頂戴致したく参上つかまつった」

その目は野良犬のようにぎらぎらとしていた。そう言って道場に押し掛けてきては銭をせびるつもりなのだろう。こうした場合、多少の心付を旅費として差し出せばよいのだが、瀬尾不在であることに加え、民部にはかねてよりこうした輩《やから》の所業が許せないという思いが募っている。

「あいにくと、瀬尾先生は留守《るす》でござる」

民部の言葉に赤塚は一向に引く気配すら見せず、

「では、師範代殿にお相手願いたい」

ぬけぬけと言った。民部は言葉に詰まった。寅之助に取り次ぐべきか。あの寅之助がどのような対処をするか。いささか興味が湧くところではあるが、師範代になってまだ日が浅く、それに加えて元大番、町場との付き合いはほとんどしてこなかった。

そんな寅之助が道場破りとどう相対するか。

ここは穏便に済ませた方がいいに決まっている。

「あいにくと、当道場には……」

民部は当道場には師範代は置いていないと言いたかったのだが、それを言い終わらぬ内に赤塚が、

「聞いておりますぞ。こちらとて道場破りをするからには下調べはしておる。つい最近、瀬尾道場では将軍家の大番を務めたという名うての直参が師範代をお務めとか。それを聞き、これは是非ともお手合わせを願いたいと参った次第」

逃げるなという意味なのか、赤塚は視線を強くした。民部が口を閉ざしていると、

「早く、取り次がれよ」

赤塚は居丈高《いたけだか》となった。

「暫《しばら》く、お待ちを」

敵もさる者。予《あらかじ》め瀬尾道場の下調べをし、寺坂寅之助の存在を把握《はあく》している。となると無視はできない。おっとり刀で道場へと取って返した。

道場では道場破りではないかという声が上がっていた。寅之助は見所に座って民部

を待った。

民部は顔を蒼ざめさせて戻って来た。門人たちの目が集まる中、

「寺坂先生」

と、呼ばわる。

「この道場で先生は瀬尾先生のみ。おれのことは寺坂でいい」

寅之助が言うと、

「では、寺坂さま」

言い直してから、相州浪人赤塚何某《なにがし》と申す者が師範代と手合わせしたいと申してお
ると伝えた。門人たちが小さくどよめいた。

瀬尾の留守中である。

「こうした場合、多少の心付を出してやってお引き取り願うのだろうが」

ここで言葉を止め、道場内を見回した。門人の一人が、

「たかだか痩《や》せ浪人一人に甘い顔をすることはござらんと思いますが」

男は瀬尾道場でも高弟として知られている公儀小普請組山岡伝次郎《こぶしんぐみやまおかでんじろう》である。小普請
組は非役、山岡は瀬尾道場で武名を上げ、何らかの役職を得ようという目論見《もくろみ》を持つ
ことを隠そうとはしない。従って、ここは自分の腕を示す絶好の機会と捉《とら》えたよう

だ。これはまずいと民部が、

「しかし、事を荒立てるというのもいかがでございましょう」

と、宥めようとしたが、

「いや、懲《こ》らしめてやりましょう」

山岡は民部など歯牙《しが》にもかけずに勇み立った。

寅之助とて、ここは銭などやらず相手を叩きのめしてやりたい。何を隠そう、腕がうずうずして仕方がないのである。しかし、いかんせん、瀬尾の不在中だ。勝手な真《ま》似《ね》はできない。断腸の思いで、

「いくばくかの心付を渡し、帰ってもらえ」

途端に山岡の顔に冷笑が浮かんだ。いかにも、寅之助の対応を弱腰と蔑んでいるようだ。しかし、我慢だ。自分の武骨さを貫《つらぬ》いてばかりはいられない。痛い目に遭ったばかりだ。寅之助はそう考え、ふと民部に視線を向けると不満なのか動こうとしない。

「相手は待ちくたびれているぞ」

寅之助に言われ、ようやくのことで民部は腰を上げた。すると、

「御免」

赤塚が足音高らかに道場に入って来た。

「無礼でござろう」

民部が止めようと赤塚の前に立ちはだかった。

「無礼はどっちだ。こっちは回国修行の身、修行者に対してはきちんと対処するのが道場であろう。それが、ずっと待たせおって。大方、どう対処すべきか評議しておったのだろう。で、どうなった、小田原《おだわら》評定は」

その蔑んだ物言いが小憎らしいなどというものではない。いかにも瀬尾道場と門人たちを舐《な》めていた。

「赤塚殿、いくばくかの心付を差し上げるゆえ、お引き取りくだされ」

寅之助はこういう手合いは無視するがよいと決めた。赤塚の目が鋭く尖《とが》る。

「なんじゃと、拙者を愚弄するか」

「愚弄しておる者に心付は渡さぬ。聞けば回国修行をなさっておられるとか。ならば、旅費はあるに越したことはない。回国修行の手助けをしておるのだぞ」

寅之助は心ならずも、短気を起こすなと自分を諫めている。

「無用。この赤塚木右衛門、浪々の身にあっても施《ほどこ》しは受けぬ。堂々と立ち合いを願う。いきなり、師範代殿では無理と仰るのなら、どなたか腕に覚えのあるお方にお願い申す」

赤塚は門人たちを見回した。

四

寅之助が薄笑いを浮かべた。こんな奴に舐められてはならん。そう思って門人たちを見回す。山岡が自分が対すると立ち上がろうとしたが、

「わたしが相手になろう」

真っ先に名乗りを上げたのは民部である。正直、民部では敵わないだろう。しかし、止めては民部の面目は失墜《しっつい》する。それでは、今後、瀬尾道場で剣術修行を積むことはままならないだろう。

「貴殿か、まあ、よかろう」

赤塚は不敵な笑みを民部に投げかけた。民部は立ち上がった。門人たちの視線が集まる。赤塚に、

「胴着を貸そう」

寅之助の言葉を無視し、赤塚は大小を板敷に置き刀の下げ緒で襷掛《たすきが》けにした。それ

から木刀を拝借したいと言う。民部が手渡し、二人は道場の真ん中で対した。民部は戦う前から汗をかいている。胴着が汗でべっとりと背中に貼《は》り付いていた。

「きえい」

民部は自分を鼓舞《こぶ》すべく大きな声を張り上げる。赤塚は両足を板に貼り付かせたかのように身動きもしない。黙って木刀を八双《はっそう》に構えて民部を待ち受ける。

民部が焦れたように木刀を振り下ろした。

赤塚はさっと身を引き、木刀を横に払った。民部は前のめりに突っ走ったと思うとそのまま倒れた。

「勝負あり」

寅之助が乾いた口調で告げる。赤塚は特別、誇ることもなく寅之助を見返した。山岡が立ち上がる。

「それがしが手合わせ致そう」

「ほう、この若造よりは骨がありそうだな」

赤塚は皮肉たっぷりに言った。

山岡は赤塚と対した。

明らかに気負っている。門人たちの前で自分の腕を示そうとの思いが強過ぎるようだ。

　そんな山岡を見下すように、赤塚は木刀を構えようとすらしない。

　それに対し山岡は大上段に構え、凄まじい気合を発している。

　赤塚はだらしなく右手一本で木刀を下げたまま薄笑いを浮かべた。

「おのれ！」

　山岡はすり足で進み、大上段から木刀を振り下げた。

　赤塚はひょいと体をかわし、右手一本で木刀を払った。

　木刀の切っ先が山岡の眼前で寸止めにされた。山岡の顔が恐怖に歪み、膝《ひざ》から崩れた。門人たちから驚きと戸惑いの声が上がった。

「勝負あり」

　寅之助の判定に山岡は無念そうに唇を噛み締めた。歴然とした勝負の結果の前には一切の言い訳はできない。

「次は」

　赤塚が余裕たっぷりに辺りを見回す。

　門人たちは目を伏せた。門人たちは山岡の腕を知っている。おそらくは、瀬尾を除けばこの道場で随一《ずいいち》の腕の持ち主であった。その山岡が赤塚には勝てなかったのである。道場を大きな不安の空気が覆い尽くした。

「おらんのか」

赤塚はまさしく勝ち誇った。

こうなっては、自分が相手をするより他はない。

「よし、おれが相手になる」

寅之助は腰を上げた。

「ようやく、師範代殿がお相手くださるか。師範代を務められるからには瀬尾先生と同等の技量を備えておいでと考えてよろしいのですな」

赤塚は傲然《ごうぜん》と問いかけてきた。

「いかにも」

寅之助はそれだけの自負がある。

その言葉に門人からざわめきが起きた。

「それは心強い。来た甲斐《かい》があったというもの。では、念のために確かめるが、わしが勝ったら、道場破りの慣例に従って瀬尾道場の看板を頂くがそれでよろしいな」

赤塚の言葉に門人の間から大きな声が上がった。口々に不満と戸惑い、驚きと危機感を言い立てた。それを赤塚は愉快そうに眺め回した。

寅之助は立ち上がった。

「よかろう」

その一言が更なる門人たちの動揺を誘った。すると寅之助は憤怒《ふんぬ》の形相《ぎょうそう》となり、

「うろたえるな！」

と、一喝《いっかつ》した。

門人たちがはっとしたようにぴんと背筋を伸ばした。

「赤塚殿、一つ、機会を与えよう。今、ここで、銭を受け取って帰るのならそれでよし。しかし、手合わせにおいて負けたなら」

ここで寅之助はニヤリとした。

赤塚はむっとなり、

「負けたなら……、いかがする」

「坊主になってもらう」

傲然と寅之助は言い放った。

「坊主か」

赤塚は薄ら笑いを浮かべた。

「どうだ」

寅之助は迫る。

「受けよう」

赤塚とて引っ込みがつかないだろう。

「よし」

寅之助は道場の真ん中に立った。赤塚も三間の間合いを取って対する。門人たちは固唾《かたず》を呑んだ。

寅之助は大上段に構え、赤塚は八双の構えだ。二人はお互い見合ったまま、しばし動かなかった。

道場内は緊張の糸がぴんと張り詰めている。

「いざ！」

赤塚は大きな声を張り上げた。

しかし、寅之助は微動だにしない。赤塚の目がどんよりと濁ってゆく。それでも動かない寅之助に赤塚は苛立《いらだ》ったように、足を運び、

「とお」

怒濤《どとう》の勢いで突きを繰り出した。

それは風を切る物凄い速さと力強さに満ち満ちていた。

ところが、門人たちの度肝を抜いたのは赤塚の突きではなかった。

それは怒髪天《どはつてん》を衝《つ》くような、門人たちの胃の腑《ふ》をも震わせる寅之助の気合であった。

「おうりゃあ！」

寅之助は突き出された木刀を下段からすり上げた。

ところが、赤塚の目に一瞬の驚きが走ったのは、寅之助の大上段に構えられた木刀が目にもとまらぬ速さで下段に構え直され、そして間髪容《かんはつい》れずすり上げられるという予想外の動きであったからだ。

赤塚にすれば、寅之助の木刀が大上段に構えられてあったからこその突きである。烈火《れっか》の勢いの突きを繰り出せば、上段から振り下ろされても勢いで突きを決めることができると踏んだはずだ。

それが、いつの間にか大上段の構えが下段に構え直されていた。

それほどに寅之助の太刀捌きは迅速《じんそく》であったということだ。

赤塚の木刀は宙を舞い、板壁にぶち当たってから板敷に落ちた。木刀を失った赤塚はしばし呆然《ぼうぜん》と立ち尽くしていたが、やがて膝から崩れた。

静まり返った道場に赤塚の荒い息遣いがぜいぜいと響き渡った。

その静寂を、

「お見事！」

民部が破った。

一瞬の間を置いて、弾かれたように門人たちの間からも寅之助の腕前を賞賛する声が満ち溢れた。寅之助は別段誇る風でもなく、

「カミソリを持ってまいれ」

と、告げた。

赤塚がはっとし、

「ま、まさか」

と、目を剝《む》いた。

「何がまさかだ。恍《とぼ》けてもらったら困る」

寅之助が言う。

門人たちが赤塚を取り囲み、カミソリを持って来た。それでも赤塚は獰猛《どうもう》な野良犬のように暴れだし、門人たちの輪を突き破った。誰からともなく逃がすなの声が上がる。民部は渾身《こんしん》の力で体当たりを食らわせた。

赤塚がもんどり打って板敷を転がった。

「さあ、坊主頭だ」

寅之助は嬉々《きき》としてカミソリを手にした。門人たちが赤塚の両腕を摑み、身動きをできなくした。

「観念せい！」

寅之助の言葉に赤塚は諦めたようにうなだれた。

第三章　思わぬ役目

一

　寅之助は蟄居以来のすっきりとした心持ちとなって道場を後にすることができた。実に気分がいい。敵は丸坊主にされ、ほうほうの体《てい》で逃げ去った。

　誠に痛快である。ざまあみろという気持ちだ。それはあの道場破り赤塚木右衛門に対するのと同時に、門人たちへの思いも加わっている。自分をうさんくさいと思っているることはわかっている。そんな連中の鼻を明かしてやった。そのことを誇るのはなんとも子供じみてはいるのだが、浮き浮きしてしまうのは、このところ鬱屈《うっくつ》した気持ちで暮らしていたせいである。

　瀬尾に黙って勝手な振る舞いをしたことは申し訳ないと思うが、ついついいい気分に浸《ひた》りながら帰路に就いた。

「よし、今日くらいはいいだろう」

春風に翻る縄暖簾に吸い寄せられるようにして店の中に入った。入れ込みの座敷に上がる。賑《にぎ》やかに酒を飲んでいた職人たちが、千鳥十文字の鐺を手にした髭面の侍が入って来たとあって、一斉に話をやめ、座敷の片隅にすごすごと移動した。

「酒、冷やでいいぞ。肴《さかな》は適当に」

調理場に向かって呼ばわる。

すぐに徳利《とつくり》と炙《あぶ》ったスルメが持って来られた。

「湯呑だ」

猪口《ちょこ》を返し、代わりに湯呑を受け取った。徳利から湯呑へなみなみと注ぐ。こぼれそうになったので口を持って行き、まずはつつっと吸い上げる。酒の一滴は血の一滴、一滴も漏らすまいぞと慎重な手つきで右手で湯呑を持つとぐいっと飲む。

たちまち酒の芳醇《ほうじゅん》な香りが鼻をつく。

たまらずごくごくと飲む。

久しぶりの酒である。

勿体《もったい》ないと思いつつも一息に湯呑を空にしてしまった。腸《はらわた》に染みるとはこのことだ。心地よく胃の腑に染み渡っていく。スルメをかじると酒の味が一段と引き立った。

ついぐびぐびと飲む。

頬がいい具合に火照り、身体が浮くようだ。勝利の味は格別である。周囲の喧騒すらも心地良い。

八間行燈《あんどん》が灯《とも》され、滲《にじ》んだような店内が心地よい酔いへと誘ってくれる。

しかしこれくらいにしておこう。

と、酒を止めたのは一升を飲み干してからだった。これくらいの酒、寅之助にとってはどうということはない。

ならば、これでよし。

寅之助は腰を上げた。

勘定を払い、財布を懐中に仕舞った時のこと、

「すいません」

男がぶち当たった。寅之助が声をかけようとしたが、男はそそくさと暖簾を潜り外に出る。

「しまった」

財布をすられたと気づき、正気に戻った。

「おのれ」

寅之助は男を追って外に出た。しかし、男はすばしこく夕焼け空に向かって駆けて行く。寅之助は、「待て」と怒鳴ったが、それで待つはずもなく掏摸《すり》は風を食らって逃げて行く。それでも、寅之助は袴の股立《ももだ》ちを取り、全力で走る。

しかし、いくら酒豪といっても酒が入っているのと鑓を抱えているのとで、思うように走ることができない。素面《しらふ》ならとっくに追いつけそうだが、そうもできず精々《せいぜい》見失わないよう努めることが精一杯だ。

掏摸はやがて野原へと駆け込んだ。元は大店《おおだな》だったのが火事で焼け、火除《よ》け地としてあるようだ。

「よし」

逃がすものかと寅之助も飛び込む。

茫々《ぼうぼう》と生い茂った草むらの中、樫《かし》の木が天に向かって屹立《きつりつ》していた。掏摸は木の幹に身を寄せていた。

「大人しく返せ、それならば、許してやろう。それどころか、今日は気分がいいのでな。いくらかの銭、一杯飲めるくらいの銭ならやってもよいぞ」

極力優しく言ったつもりだが掏摸は無言のままだ。そして、無言であるばかりか最早逃げようともしない。

「貴様」

こいつめ、何か目的があるのか。と、思ったら、背後と左右から降って湧いたように侍たちが現れた。掏摸は自分をおびき出したようだ。

——何者——

酔いが醒《さ》め、猛烈《もうれつ》な闘争心に全身の血が燃え立った。

「てえい」

侍たちが殺到してきた。

何者なのかはわからないが、今は、こいつらを倒すことだ。

こうなると寅之助は思わず笑みをこぼしてしまった。

楽しくて仕方がない。

「よおし！」

気合一声《いっせい》。

鐺をぶるんぶるんと振り回した。風が鳴り、周囲五間の空間に大車輪の如く動く鐺によって気圧《けお》され、侍たちは遠巻きに眺めている。誰も、近づくことはできない。寅之助はにんまりとして、右手の三人に向かって鐺を振るう。鋭い音が響き、柄によって三人の頬が打たれた。三人はのたうち回る。

次いで、後方の敵を石突で突く。敵はもんどり打って倒れた。さらには左、前方と、寅之助の鐺は縦横無尽に暴れ回り、次々と敵を倒してゆく。

気がつけば、草むらには二十人近い男たちが倒れ呻《うめ》いていた。

「頼りないのう」

倒れている男の一人を抱き起こし、誰の差し金なのか口を割らせようとしたが、それよりも早く、

「こちらへ、まいられよ」

掏摸が声をかけてきた。

さては主役登場かと、鐺を担いで掏摸に向かった。掏摸は財布を放って寄越《よこ》し、

「日本橋長谷川町《にほんばしはせがわちょう》の料理屋夕富士《ゆうふじ》へ行かれよ」

とだけ言って黙って立ち去った。

寅之助は財布を拾うと着物の袂《たもと》に入れる。掏摸の後を追うことはなく、告げられた料理屋に行くことにした。そこに行けば事の真相がわかるだろう。何者かは不明だが自分を待っているに違いない。

罠《わな》か。

自分の命を奪いたい者によっておびき出されたということか。

しかし、それならそうなった時だ。恐れよりも好奇心が勝っている。

寅之助は夕富士にやって来た。

檜造《ひのきづくり》の二階家が建っている。檜のほのかな香り、庭には桜が優美に咲き誇っていた。まさしく、高級料理屋といった佇《たたず》まいである。

門口に立ち訪《おとな》いを入れる。女将《おかみ》風の女が出て来た。寅之助の風貌を見て驚いたように身を反らしたが、それでも心得たもので、

「寺坂さまでいらっしゃいますか」

「いかにも」

寅之助はうなずく。

「奥の座敷でお待ちでございます」

女将は告げると、お腰のものをお預かりしますと遠慮がちに申し出たものの、鐀の扱いには困っているようだ。それでも、こうした店に武器を携えて入ることは憚られる。相手がどのような者かわからないが、ここまで来たからには腹を括《くく》ろう。

女将は鐺を、仲居は大刀を恭《うやうや》しく受け取り、寅之助を奥の座敷へと案内した。廊下を奥に入り、訪いを入れた。

庭に面した座敷である。いかにも値が張りそうだ。中から入れと言う言葉が返された。襖《ふすま》が開き、寅之助は中に入った。床の間を背負って、立派な身形《みなり》の侍が座っている。

何処《どこ》かで見た気がした。

侍は目の前に座るよう目で促した。いかにも権高な様子であるが、不思議と腹が立たないのは、その侍の醸《かも》し出す上品な雰囲気と面差しがいかにも利発そうだからだ。

寅之助が座ったところで、

「水野《みずの》じゃ」

と、言った。

水野……。

思い出した。

「御老中水野越前守《えちぜんのかみ》さまでいらっしゃいますか」

水野は軽くうなずいた。寅之助は慌てて平伏をする。

「よい、今日はわしも忍《しの》びじゃ。ここでそなたと二人、じっくりと話をしようと思ってあのような芝居がかったことをしてしまった」

水野は実に上機嫌である。

「何故、あのようなことをなさったのですか」

いささか面食らってしまった。水野はそれに答えはせずに言った。

「そなたの腕、やはり見事であるな」

「畏れ入ります」

一応、礼は申し述べた。

「そなた、畏れ多くも公方さま御曹司清水中将さまに失礼な振る舞いを致し蟄居謹慎となったな」

「はい」

水野はニヤリとした。

「しかしながら、家名は保ち、このように元気に鐧を振るっておる。何故だと思う」

「それは……。いかにもわたしもそのことが気がかりでございます」

かねてよりの疑問を口に出した。

二

「あれはのう、不肖《ふしょう》この水野が骨を折った」

水野は口元を緩め誇らしげだ。

「水野さまが……。何故でございますか」

疑問は氷解するどころか余計に高まった。

「その前に、そなた、今の政をいかに思う」

唐突にそんなことを問いかけられても答えられない。いや、元々、寅之助は政に関心がないから、急な問いかけではなくとも考えを披露することなどできはしない。

「そうでございますな……」

「何でもよい。わしは再度申すが忍びである。ここは腹蔵《ふくぞう》なく話すがよい」

水野はその言葉通り、寅之助が話しやすかろうようにという配慮からか口元を緩めた。しかしわからないものはわからない。仕方がない。取り繕《つくろ》うのは性に合わない。

「わかりません」

そう胸を張った。

水野は絶句した。これはまずい答えをしてしまったかといささか悔いたが、水野は気を取り直したように、

「ま、よかろう。では、わしの考えを申す。今の政、わしは大いなる改革が必要と思っておる」

水野が大いなる気概に満ち満ちていることはその表情を見れば明らかだ。そしてその目は賛同を求めるように凝らされたが、寅之助が無反応なのを見て少しばかりがっくりした様子となりながらも話を続けた。

「今の政、いささか、贅沢《ぜいたく》華美なる風潮にある。武士でありながら身形を気にし、贅沢に身を持ち崩す者が目につく。武士らしい質実剛健さにはほど遠いというものだ。今、日本の近海には西洋の国々の船が出没し、日本国を侵そうとしている。そのことは存じておるな」

いかに寅之助でも、さすがに耳にしている。こくりと首を縦に振った。

「日本国は今、大変な危機に遭遇しようとしておるのだ。日本国を夷狄《いてき》から守るには、質実剛健、武士道を貫いてこそだ。それにも拘《かか》わらず、肝心の武士が堕落しておっては話にならぬ」

水野は激《げき》しやすい性質なのか、自分の言葉に酔っているのか、頬が赤らみ目が尖っ

てきた。

「わしはまことの武士がある世の中にしたいと思う。そなたは、いかに思う」

正直、どう答えていいかわからない。こうした場合、水野の望む返事をした方がいいのだろう。母と舅からしつこく言われた世渡り、処世術という言葉が脳裏に浮かぶ。

が、この場合、これは必ずしも処世術を考慮して答えなくてもよい。水野の考えは寅之助も大いに賛同できる。それどころか、武士たる者、常に戦いの場に身を投じる覚悟を抱き続けねばと思ってきた。それゆえ、将軍御曹司にも手加減を加えない稽古を行ったのだ。

「まこと、その通りと思います」

本音で答えたため、我ながら言葉に力が籠った。水野は満足げにうなずき、

「よう申した。今の武士は武士とは申せぬ、なまっちょろい者たちばかりだ」

心から賛同できる。ここぞとばかりに言い立てた。

「いかにもおおせの通りです。全く、今の奴らと言ったらろくに武芸の鍛錬《たんれん》を行っておりませぬ。素振りの百回や二百回で音を上げる始末。そいつらを鍛《きた》え直さなければなりません」

「そこでじゃ、わしは、そうした政を行いたい。そなた、手助けをしてくれるか」

「武士を鍛えようということですか。それでしたら、今、町道場で行っておりますが」

それなら自分にもできよう。

「まあ、それもそうだが、これからわしの手助けをしてくれるな」

水野の言葉は何故か曇《くも》ってゆく。

「手助けせよとおおせならば一も二もなく承知致しますが、一体何をすればよろしいのでしょう」

「それは後日申そう。それから、これは心して聞いて欲しいのだが、そなたのことを気に入っておるのはわしばかりではない。内府さまもじゃ。内府さまもわしも、吹上御庭でそなたが披露した鑓の妙技には感じ入った。それにも増して、清水中将さまとの遠慮のない立ち合い。まこと、古武士然として清々《すがすが》しいものであったと内府さまはいたくお気に召されたぞ」

内府さまとは従二位内大臣の官位を持つ将軍世子徳川家慶ではないか。そういえば耳にしたことがある。徳川家慶は水野を重用していると。

「わしがそなたの不始末をなんとか穏便にすませたいと内府さまに言上した。内府さまはご賛同くださった」

いかに水野といえど、独断で寅之助の罪を穏便にすませることは難しかっただろう。そこには将軍世子の力も働いたということだ。舅飯塚の言っていた大きな力とは水野と家慶の意志であったのだ。

「わしの言上を内府さまは快く受けてくださった。わしは内府さまと政を一新するつもりだ」

水野は再び自分の言葉に酔い始めた。寅之助は今一つ真意を測りかねた。水野が自分を助けてくれたのはわかった。内大臣徳川家慶も自分を買ってくれているそうだ。その手助けとはいかなることか。まさか、鐚働きをせよということはあるまい。今は泰平の世。戦などはありはしない。

それとも、水野は夷狄と戦うつもりなのだろうか。

「水野さま、わたしにどうせよと仰るのですか」

寅之助は言った。

「後日、わしから連絡をする。それまでは、いつもと変わらぬ暮らしをせよ」

「承知致しました」

寅之助は頭を垂れた。水野は手を打つ。そこに膳《ぜん》が運ばれてきた。ひょっとして、芸者、幇間《たいこもち》もやって来てこれから賑やかな宴席となるのかと期待をしたが、その気配はない。食膳と酒が運ばれてきただけだ。

その膳にしたところで、器、皿こそは贅沢なもので、料理もご馳走ではあるが、とりわけ豪華ではない。

「遠慮せずともよい」

水野は言った。

先ほど口にしていたように、たとえ宴席といえど質実剛健ということなのか。

「頂きます」

寅之助はまずは酒を飲んだ。


民部は道場を後にした。

支度部屋で着替えの最中、山岡をはじめとする門人たちは昨日までとは一変、寅之助に対する賞賛の言葉を惜しんでいない。それが民部にはうれしい。

やはり、あの方は本物だった。戦国武者の如きお方であった。

自宅で母に報告するのが楽しみになった。

「まあ、それはやはり戦国武者の如きお方だったのですね」

美紀も喜んでくれた。

「まさしくです」

我が意を得たりと民部はうれしくて仕方がない。

「民部殿」

美紀は気持ちを改めるように民部を見据える。民部ははたとして見返すと、美紀が言うにはその方に弟子入りしてはということだった。

「いや、それは」

いくらなんでも、瀬尾道場の門人に加えて個人的に弟子入りするというのはまずかろう。しかし、自分の腕の未熟さを思うとそうしたくもなった。瀬尾道場に通って半年、一向に上達しない。門人たちに溶け込めず、遠慮がちで惰性《だせい》になっている稽古振りがそうさせているのだ。

確かに自分も悪いが、八丁堀同心を不浄役人と蔑む連中の目がどうしても気になってしまう。

剣が上達しないことには一人前の定町廻りにはなれないと自分では思っている。そうなら、手段を選んではいられない。

しかし、寅之助に個人的に稽古をつけてもらうことは瀬尾の手前、やはり憚りがある。

「そうだ」

民部は立ち上がる。

「いかがされたのですか」

戸惑う美紀を横目に、

「寺坂さまと約束をしたのです」

民部は木刀を持ち縁側を横切ると、沓脱石《くつぬぎいし》にある雪駄《せった》を履《は》くこともなく素足で庭に下り立った。

土の感触を楽しみながら木刀を振るう。びゅんと風は鳴らない。素振りは極めて弱々しく、腰も定まらないとあっては大きくよろめいてしまった。縁側に美紀が佇み、民部の様子を見ていたが、やがて邪魔立てをしてはよくないと判断したのか、静かに立ち去った。

五百回やる。

なんとしてもやる。

民部はそう堅く心に誓い、素振りを繰り返した。手が痛くなり、身体も疲れ、汗が吹き出す。傍から見れば無様なことこの上なかろうが、そんなことはどうでもいい。

不格好だろうが五百回やり抜くことが大事なのだ。

息が上がり休み休みではあるが、どうにか三百回を超えた。すると、妙な快感めいた気持ちが押し寄せてきた。

そうなると夢中である。

単なる素振りであるが、こんなにも充実したものとなろうとは。

素振りを続けること半時余り、民部はとうとう五百回をやり遂げた。


寅之助は自宅に戻った。

「遅くなりました」

千代に注意をされるよりも早く、まずは遅くなったことを詫びた。さて、母に水野から呼ばれたことを報告すべきか。

「お酒を飲んでいますね」

千代の目には批難が混じっている。

「申し訳ございません」

「詫びるようなことをしたのですか」

千代が問いを重ねる。

「そんなことはありません。そうだ、今日道場破りがやって来たのです。それを……」

勢いづいて語る寅之助であるが、寅之助が興奮すればするほど千代は冷めてゆく。千代の冷めた視線に気づいたところで、もう語る気は失せてしまった。

「では、休みます」

寅之助は一人寝間に入った。暗闇に目を慣らし、布団《ふとん》に身を横たえる。老中水野越前守から手助けを求められた。自分と寺坂家を助けてくれた以上、応じないわけにはいかない。武士たる者、受けた恩は返さねばならない。

「どんな役目だ」

自分は武芸には自信があるが、政などはさっぱりわからない。

水野は政敵が多いと聞く。水野の用心棒ということか。それなら自分でもできる。あの方の楯《たて》となることくらいはせねばならないだろう。

「よし」

そう自分を納得させたところで両目を閉じた。

すぐに睡魔が襲ってきた。

三

明くる十八日の朝、民部は身体中が痛かった。しかし、今朝も素振りを欠かすわけにはいかない。這うようにして寝間を出、縁側に立つと雨戸越しにぽつぽつと音が聞こえる。雨か。

一瞬にしてやる気が失せた。

身体も痛い。この雨の中、疲れた身体をいたぶっては風邪《かぜ》をひくかもしれないし、それでは御用に差しさわりがある。

素振りをしなくていいという言い訳が山ほど出てきた。そうだ、今朝はやめておこう。

そうしよう。

民部は寝間に戻った。

瞼《まぶた》を閉じる。睡魔に敗れ去った。

その日の昼下がり、雨が上がったところで寅之助宛てに書状が届いた。水野からである。思わず、正座をして書状を押し戴くようにして読み始めた。そこには極めて流麗な筆遣いで昨日の突然の呼び出しについての詫び言が綴《つづ》ってあり、さらには手助けをせよと言葉が添えてある。その具体的な内容とは、

「下野足尾《しもつけあしお》城主、兵藤美作守成由《ひょうどうみまさかのかみなりよし》……」

譜代名門、石高は五万五千石、今は寺社奉行の地位にあり、近々の内に老中への昇進が決まっている。

その兵藤が公儀転覆を策している疑いがあるので身辺を探れというのだ。

公儀転覆とは聞き捨てならないが実感が湧かない。それより何より、身辺を探るといってもどうすればいいのだ。

「困ったな」

つい独り言を漏らしてしまった。すると、書状の他に折りたたんだもう一つの書付がある。おやっと思いながらそれを開ける。

兵藤への紹介状である。この者、鐺の達人ゆえ、鐺の稽古に役立つとあった。

つまり、この紹介状を手に兵藤を訪ねよということだ。

「仕方ない、やるか」

と思ったところで千代が舅飯塚宗十郎の来訪を告げた。

寅之助が身構える前に舅飯塚がやって来た。

「やっておるか」

飯塚はにこやかに入って来た。

「おかげで、道場に馴染《なじ》み、しっかりと門人たちの指導にあたっております」

茶を持って来た千代が、

「こんなことを申しておりますが、道場破りの浪人者を懲らしめたなどと自慢しておるのですよ」

と、苦い顔をした。

「お主らしくてよい」

飯塚はうれしそうだ。

「飯塚さまの顔を潰してはなりませんよ」

「断じてそんなことはしませぬ」

寅之助がむすっと返したところで千代は居間から出て行った。ふと飯塚に、

「御老中水野越前守さまとはいかなるお方ですか」

「水野さま……」

どうしてそのようなことを聞くのだというような目を向けられた。

ここは正直に話そう。なんといっても飯塚は自分の助命に骨を折ってくれたのだし、何故軽い処分になったのか、理由も気にしていたのだ。

「実は、わたしの助命と寺坂家の家名存続に力を尽くしてくださったのです」

「ほう、水野さまが」

「水野さまは内府さまにも言上してくださり、このような処分となったようでございます」

すると、飯塚は首を傾げ、

「水野さまがそう仰ったか……」

「何か不審な点でも……」

「いや、わしが耳にしたところでは、内府さまのお口添えがあったということじゃ。内府さまが水野さまに働きかけてくださったそうでな。わしはこんな目出度《めでた》いことはないと思ったところでな」

すると、自分は水野に騙されたのか。水野に対する疑念が生じたが、今は黙っておこう。そして、水野から兵藤探索を命じられたことも語らずにおこう。

「ところで、水野さまから、兵藤さまへの鑓の稽古指南を依頼されました」

「ほう」

飯塚の顔に影が差した。

「いかがされましたか」

「いや、少しばかり意外な気がしたのでな」

飯塚が言うところによると兵藤は近々老中に就任するが、それを引き立てたのは将軍家斉と家斉に侍《はべ》る勢力であるという。侍る勢力とは奥向の役人、すなわち御側御用《おそばごよう》取次《とりつぎ》たちだ。

御側御用取次は八代将軍吉宗《よしむね》によって創設された。創設当初、吉宗は五代将軍綱吉《つなよし》の治世における柳沢吉保《やなぎさわよしやす》、六代将軍家宣《いえのぶ》、七代将軍家継《いえつぐ》の治世での間部詮房《まなべあきふさ》といった側用人が政に力を持ち過ぎたことを警戒した。そのため、側用人が大名役であり老中並の役職であったのに対し、御側御用取次は旗本の役職、表向の政には口出しできないことにした。

ところが、九代将軍家重《いえしげ》が言葉が不自由であったため、唯一人言葉を聞き取ることができる御側御用取次大岡忠光《おおおかただみつ》が力を持ち、十代将軍家治《いえはる》の治世では御側御用取次であった田沼意次《たぬまおきつぐ》がその後側用人となり、さらには老中として田沼時代と呼ばれるほどの権勢を振るった。

すなわち、江戸城奥向を仕切る御側御用取次に嫌われては幕閣を担うことができないのが実情である。

「お主は政には関心がないから知らぬであろうが、水野さまは内府さまと親しい。公方さまとは疎遠ではないが、どちらかというと内府さま寄りだ。しかも、御側御用取次方とも必ずしも親密ではあられない。それにな、政に関するお考えも水野さまと兵藤さまとでは真逆。水野さまが質実剛健、質素倹約を唱えておられるのに対し、兵藤さまは異国との交易を盛んにし、日本全国からも物産を募り世の景気を活気づかせよとのお考えじゃ。よって、大奥にも受けがよい。景気がよくなれば、大奥の暮らしも更に潤沢《じゅんたく》となるからのう」

要するに派閥《はばつ》が違うのだという。

飯塚は寅之助が水野の紹介で兵藤を訪ねることが不安そうだ。

「何か問題があるのでしょうか」

「何かあると考えるのが当然ではないか。よいか、いわば二人は政敵なのだぞ。政敵のところにお主を行かせるということの意味を考えてみろ」

飯塚は顔を曇らせた。

言われなくともわかる。水野は探索を命じてきたのだ。鑓の指南はその名目に過ぎない。

「しかし、断ることはできんしな」

飯塚も困り顔になった。

「やはり、行かぬがよろしいか」

「できればその方がいい。しかし引き受けたからには今更断れまい。水野さまが何をもって、お主を兵藤さまの所に行かせるかわからん。用心して事を運べ。くれぐれも、軽挙妄動は慎め。まかり間違っても、いくら稽古だからと兵藤さまを打ち据えるようなことがあってはならんぞ」

飯塚に痛い所を突かれた。

用心せよとはいかにもその通りなのだが、実際にどうすればいいのやら。何だか気負いが先に立ってしまう。

「ともかく、ここは水野さまの意図はわからんが、お主に恩を売って何か利用しようと考えておられるのかもしれぬ。もう一度申す。くれぐれも用心を怠るな」

「わかりました」

と、そこへ、

「何やら、よいお話なのですか」

千代が入って来た。

「とってもよい話でござるぞ」

飯塚は兵藤への鑓稽古の事は口に出さず、寅之助が水野と家慶から気に入られていることを話した。千代の顔が輝く。

「まあ、畏れ多くも内府さまから気に入られておるとは、それは勿体ない」

千代の喜びようを見ると、心配をかけられない。

「千代殿、寅之助の大番復職の日も遠くはござらんぞ」

「寅之助、しっかりとしなさい」

千代に励まされる。

「承知しました」

千代の笑みが心苦しい。

「では、これでな」

飯塚は大いなる期待を残しながら去って行った。

「母上、出かけます」

「どちらですか、今日は瀬尾道場の稽古には行かないのでしょう」

「実は、兵藤さまのところに」

隠し立てはできず、水野から依頼されたと言った。

で心苦しい。


「それはしっかりとやらなければなりませんね」

事情を知らない千代は大いに励ましてくれる。それがまた、母親を騙《だま》しているよう

「はい。水野さまのご期待に応えるべくしっかりやります」

寅之助は心とは裏腹のことを言った。


「では」

千代はまるで御用に行くかのような丁寧な応対をした。

寅之助は鐺を持って出かけた。


江戸城西《にし》ノ丸《まる》下にある兵藤美作守の上屋敷へとやって来た。

番士に水野の紹介状を手渡すと屋敷内に通された。話は通じているようだ。案内の侍に導かれるまま御殿裏手にある道場へと向かう。道場の前に数人の侍が寅之助を待っていた。みな、珍妙な剣を持っている。

先が針《はり》のように尖り、反りがなく真《ま》っ直《す》ぐだ。しかも、奇妙なことに片手で持っている。説明を求めると西洋の剣でサーベルというのだそうだ。

一人がサーベルの技を披露してくれた。

これまた見たこともない構えと型である。斜《はす》の体勢となって右手だけで柄を握り、腰を落とし、左手を垂直に立てているのは身体の均衡《きんこう》を保つためのようだ。

そんな構えから右足を大きく踏み込み、横歩きでサーベルを突き出した。まるで、蟹《かに》である。

時折、横に振ったりするが、相手を仕留めるのは突きが専《もっぱ》らのようだ。

兵藤は西洋かぶれと聞いたが、剣も西洋好みということか。

サーベルを持った侍の背後には鉄砲を構えた侍たちが控えている。この鉄砲は最新式のものなのだろう。

寅之助に西洋の剣術と装備を見せたかったようだ。水野が推薦する元大番、鐺の手練《だ》れである寅之助に向かって、西洋式の武術を見せつけたいのかもしれない。

それが証拠に、寅之助には鐺や剣を披露するよう求めてこない。

さて、探索である。

とにかく邸内を見て回ろうと思ったものの口実を考えねばならない。こうした場合、無難なのは厠《かわや》を借りるということだ。侍の一人から厠の位置を聞き、そちらに向かう。

すると、瓢簞《ひょうたん》形をした池の側に設けられた東屋に羽織袴姿の侍と商人風の男、それに僧侶がいた。侍の傍らには大刀を捧げ持つ小姓《こしょう》風の若者が侍っていることから、その侍が兵藤美作守と思われる。

兵藤は商人、僧侶と親しげに語らっていた。

四

半時ほど、サーベルを見物し、お義理で教わってから兵藤がやって来た。

みな一斉に片膝をついた。

「寺坂、吹上御庭では見事であったな」

兵藤は快活に声をかけてきた。

「勿体のうございます」

「どうしてどうして、その武芸の腕、このままでは勿体ない。是非とも、上さまのお役に立ってこその武芸じゃ」

兵藤は言った。

「いかにも」

「おまえ、やがては大番に戻りたいであろう」

「むろんです」

言葉が曇るのは本音ではないからだ。兵藤は横を向いて、

「わしは近々、幕閣に加わる」

「漏れ聞くところによりますと、御老中に御就任なさるとか」

「その通りじゃ」

否定しないところに兵藤の自信を窺うことができた。

現在、兵藤が務める寺社奉行は町奉行、勘定奉行と共に三奉行と呼ばれる。町奉行、勘定奉行が旗本の役職であるのに対し、寺社奉行は大名の役職。評定所の責任者である。寺社奉行を無事務め上げ、京都所司代や大坂城代に昇進し、老中に成る、というのが出世街道であるが、兵藤は寺社奉行からいきなり老中だ。

水野は寺社奉行を経て、大坂城代、京都所司代を務め上げ、西ノ丸老中となった。水野が兵藤に敵意を抱くのは政に対する考えが違うのと同時に、嫉妬《しっと》心があるのではないか。

「兵藤さまは、やはり、政を担われるのですな」

「いかにも」

「近頃では、日本の近海を西洋の船が侵しております」

「まさしく、憂《うれ》うべきことじゃ」

「わたしは政のことはわかりませんが、よき政が行われることを望むばかりです」

「むろんわしはよき政を行う。西洋諸国のよき点を学び、取り入れるつもりじゃ。おぬしに披露した西洋剣術や鉄砲はその一環。鉄砲はゲベール銃と申してな、火打ち式の最新式の物だぞ。わしは、サーベル組、鉄砲組を組織しておる。目下はわが藩のみだが、やがては御公儀においても採用したいと考えておる。そうなれば、大番とてこれまでの武芸に加えて学ばねばならないだろうな。水野殿にもよく申してくれ」

兵藤は自信たっぷりに語った。

寅之助は頭を垂れ、兵藤の前を辞去した。帰り際、用人から心付だと紙の包みを手渡された。用人に兵藤が親しく語らっていた僧侶について聞く。

僧侶は上野《うえの》にある浄土宗の巨刹連妙寺《きよさつれんみようじ》の重職西念《さいねん》であるとわかった。西念と共にいた商人は日本橋本町《ほんちよう》にある薬種問屋武蔵屋《むさしや》の主人五兵衛《ごへえ》だという。老中になろうという兵藤へ近づく連中が多い中、武蔵屋は御用達《ごようたし》の商人《あきんど》、連妙寺は兵藤家の菩提寺《ぼだいじ》であるようだ。

ともかく、兵藤がこの二人と特別親しくしていることはわかった。

今日はそれでよしとするか。

民部は身体が痛くて仕方がない。それでも出仕をし、町廻りに出た。出てからというもの、なんとも忸怩《じくじ》たる気持ちとなった。自分が情けない。もっと鍛え上げなければ。

先輩や同僚たちが、自分の非力を馬鹿にしていることは知っている。それゆえ、負けまいと懸命に役目に当たっているつもりだが、気持ちばかりが空回りをして手柄を挙げられない。意気込みと結果が結びついていないのだ。

今、奉行所で話題になっているのは、女の不審な身投げだ。何としても真相を突き止めようと探索が行われているのだが、民部は蚊帳《かや》の外である。

ふと、夕暮れ近くになって番町に足を向けた。向けたのは寺坂寅之助に会いたいという気持ちからである。

やはり、あの方に稽古をつけてもらいたい。その一心で寺坂家を探す。武家屋敷に出入りをする商人たちから寺坂家の所在を聞きだし、どうにか屋敷の門前までやって来た。

そこではたと立ち止まってしまう。

入ることができない。やはり、帰ろう。明日にすればいい。それとも
「いかん」

自分を鼓舞する。ここで躊躇《ちゅうちょ》している場合ではない。

と、表門脇の潜り戸から一人の女が出て来た。上品そうなその女性は、

「失礼ですが、何か当家に御用でも」

どうやら民部が門前でうろうろしているのを気にかけて出て来たようだ。

「これは、失礼しました。わたしは南町奉行所の青山と申します」

「町方の」

女は怪訝《けげん》な顔をする。

「その……。寺坂さまに……」

「寅之助に御用なのですか」

「これは、失礼致しました」

女は母だという。

民部はすっかり動転してしまった。

「して、御用は」

「はい、わたくし、寺坂さまの門人になりたくて」

「寅之助の……」

母親は訝しそうにしたが、民部の真剣な表情に心打たれたのか、立ち話ではなんだと屋敷の居間に導き入れてくれた。

「あなたは生真面目な方なのですね」

母は民部のことを好ましく思ってくれたようだ。

寅之助を呼びますと席を立とうとした時、当人がやって来た。不審な目を向ける寅之助に、

「どうか、わたしを弟子にしてください」

民部は両手をついた。

第四章　弟　子

一

「どうしても、弟子になりたいのです」

懇願を続ける民部の横から千代が、

「こんなに熱心に頼んでいらっしゃるのですよ」

と、言葉を添えてきた。

「瀬尾先生の手前もあるし。勝手な真似はできん」

実際、瀬尾という師匠がいながら門人をこっそりと教えるということには抵抗を感じてしまう。しかし、民部の思いつめたような顔を見るとむげにもできない。

「お願いします」

民部は額を畳にこすりつけた。

千代は、あとはおまえに任せるとばかりに寅之助を一瞥《いちべつ》すると居間から出て行った。

「多少のお礼は致したく存じます」

民部が言った。

それを寅之助は遮る。

「礼などはよい」

ここで寅之助ははたとした。

「おまえ、八丁堀同心だったな」

「は、はい」

自分を頼ってくるのをいいことにこの男を利用するのは気が引けるが、探索などという厄介《やっかい》事を考えるとふと当てにしたくなった。

「探索というものはお手の物だろう」

「探索でございますか」

民部は上目遣いとなった。寅之助の真意を測りかねているようだ。

「ある商人を調べてもらいたい」

「寺坂さまのお役に立つのでしたら……」

民部は承知してくれたが、その顔はいかにも怪訝そうだ。

「日本橋本町の薬種問屋、武蔵屋五兵衛について調べてもらいたいのだ」

民部は五兵衛の名前を繰り返し、承知致しましたと答えてから、

「あの、武蔵屋を何故調べるのですか」

「わけは訊くな」

訊かれたくないため、ぴしゃりと言ってのけた。反射的に民部は頭を下げる。いかにも素直そうな男で好感が持てる。その人の好さに付け込む自分は卑怯《ひきょう》だと思うが、やむを得ない。これも世渡りというものだ。

世渡りも武芸の内と思え、との飯塚の言葉が思い出されたが、それに事寄せる自分を改めて卑劣《ひれつ》と蔑んでしまった。そんな嫌な気持ちを払い除けるように、

「よし、なら、素振りをやってみろ」

いきなりの稽古始めは、民部には意外なことであったようで、

「ここで、ですか。今からですか。それで、弟子にはして頂けるのでしょうか」

戸惑い気味に問うてきて、更には木刀を持参していないと言い出した。

「ならば、丁度いい」

寅之助は立ち上がると縁側を横切り、沓脱石に置いてある雪駄を履き、庭に下り立つ。足早に庭を歩くと、松の木に立てかけてある長大な木刀を手にした。民部も庭に降りた。

「これを使え」

「はい」

手に取ったまではよかったが、民部は驚きの表情となった。

「重いか」

寅之助はニヤリとした。

「は、はい。あ、いえ」

「実際に重いのだ。その木刀にはな、鉛《なまり》が詰めてある。稽古用に用意したものだ」

「そうでありますか」

「さあ、やってみろ。よほど腰が据わり、膂力《りょりょく》に長《た》けていないと正確な素振りはできんぞ」

これで鍛えよということだ。寅之助の真意を理解した民部は応じた。

「但し、いきなり五百回振るのはいくらなんでも無理というもの、身体が壊れてしまうからな。今日は五十で勘弁してやろう」

寅之助には何でもないことだが、民部は五十と聞いても不安そうな顔をするばかりとなった。

「やります」

そう声高らかに言うと素振りを始めた。しかし、身体は大きくよろめき、木刀に振り回されているようである。

「すみません」

焦った表情で詫び事を言う。

「一々、謝らなくてもいい。格好は気にするな。とにかく、素振りを繰り返すことが肝要。剣を振るえる身体を造ることだ」

「承知しました」

民部は懸命に素振りを繰り返した。

「よし、いいぞ」

寅之助が誉めると、民部はわずかに笑みを浮かべたものの、その懸命さに変わりはなかった。

「もっと腰を入れよ」

寅之助は声をかけ続ける。

ようやくのことで民部は素振りを終えた。全身汗まみれとなり、千代が冷たい麦湯を持って来た。

「さあ、お飲みなさい。寅之助は乱暴ですからね。言うことを聞いてばかりいたら、あなたが壊れてしまいますよ」

千代は優しげに声をかける。

「好き好んで寺坂さまの教えを乞うておるのですから」

民部は誠実そのものであった。

「明日の夕方もまいります」

その言葉の裏には民部なりの気遣いがあるようだ。きっと、武蔵屋探索の成果を持ってくる気なのだろう。

「わかった」

「これは」

民部は木刀を返そうとしたが、

「いや、持って行け。一々、うちで稽古をする必要はない。自宅で振ってみよ」

「ありがとうございます」

民部は丁寧に腰を折り、立ち去った。

「素直なお方ですね」

千代が言った。

「すれっからしの多い八丁堀同心には珍しい男ですよ」

寅之助も心の底からそう思った。

「大事に手ほどきをして差し上げるのですよ」

「わかっております」

言いながらも、寅之助は民部という男の素直さを利用してしまったことに若干の後ろめたさを感じていた。

民部は寅之助から借りた木刀を持って、八丁堀の屋敷へと戻って来た。

「ただ今戻りました」

つい声が弾んだ。

美紀が民部の様子を見て、

「いいことがあったようですね」

「寺坂さまに稽古をつけて頂くことになりました」

「それは素晴らしいですよ」

美紀も喜んでくれた。

そのことがうれしい。


明くる十九日の昼下がり、民部は非番ということで一人、日本橋本町にある薬種問屋武蔵屋へとやって来た。表通りに面した間口十五間（約二十七メートル）はあろうかという立派な店構えである。老舗《しにせ》の薬種問屋が軒を連ねる本町にあって、武蔵屋の屋根看板はまだ新しく、創業は五年前、つまり主の五兵衛が一代で築いた新興の店だった。武蔵屋の屋号の横に大奥、下野国足尾藩兵藤さま御用達と記してあった。

店売りもやっているせいか、大勢の客が手代相手に薬種の入った紙袋を見たり、説明を聞いたりしている。

「何処かお加減が悪うございますか」

手代が声をかけてきた。

「あ、いや」

そう言いながらも勧められるままに、万金丹《まんきんたん》という何にでも効くらしい薬を手にした。

「お安くしておきます」

手代の言葉を適当に聞き流し、外に出て店の裏手へと回った。裏木戸の前にある天水桶の陰に身を潜ませる。すると、裏木戸には女乗り物と呼ばれる駕籠《かご》があった。螺《ら》鈿《でん》細工の駕籠は大奥の局や大名の妻子が乗る特別な乗り物である。武蔵屋には女乗り物を使うことが許されるだけの女が出入りしているということだ。

何者だろうか。

俄然《がぜん》興味が湧いてきた。

母屋の障子が開けられた。見るも豪勢な打掛に身を包んだ女が出てきた。

「唐橋《からはし》さま、今後ともよろしくお願い申し上げます」

後に続いた中年の男が言った。

「五兵衛、よく気が利くこと。兵藤殿にも、そなたのお心遣い必ずや伝えましょうぞ」

「ありがとうございます」

男は武蔵屋の主人五兵衛であった。

屋根看板に大奥、下野国足尾藩兵藤さま御用達と記してあったことと唐橋という名前、身形からして大奥の中臈《ちゅうろう》なのだろう。これから、城に帰るか。兵藤さまとは近々老中に就任する寺社奉行兵藤美作守に違いない。そこにきな臭いものを感ずるのは八丁堀同心の勘というものだ。民部は女乗り物を尾行することにした。このことを寅之助は望んでいたのだろうか。わけは訊くなということだったが、気になってしまう。

民部は尾行した。

女乗り物は一路、上野方面へと進んで行く。日本橋の雑踏《ざっとう》を抜け、神田から上野へと至った。尾行は楽だった。駕籠かきが振り返ることはないし、引き戸が開かれることもない。民部は速度を上げ、見失うことなくやがて、巨刹の山門に至った。連妙寺、宗派は浄土宗、山号は慈英山《じえいさん》である。

「墓参か」

呟《つぶや》きながらも、そこには何かしら不穏《ふおん》なものを感じてしまった。

二

民部は連妙寺の境内《けいだい》を歩き、通りかかった小坊主に声をかけた。

「あの駕籠は、大奥の唐橋さまではないのか」

小坊主は警戒の色を浮かべた。

「いや、町廻りの途中でお見かけしてな。何せ物騒な世の中ゆえ、盗人などに狙われてはいかん。時折、参拝に来られるのか」

小坊主に飴玉《あめだま》をやった。小坊主は民部が八丁堀同心と知って気を許したようで、唐橋が大奥の中臈で時折参詣に訪れることを話した。

唐橋は本堂裏にある墓地ではなく、庫裏《くり》へと入って行った。

民部は何かあると感ずる。ここは、将軍や御台所とは関係がないようだ。側室の菩提寺でもないし、関係があるとも思えない。唐橋はここで何をしているのか。そのことを寅之助に報《しら》せて収穫ありと評価をしてくれるのか。

寅之助はじっと屋敷にいても手持ち無沙汰《ぶさた》であるし、兵藤のことはわからない。今日は瀬尾道場へ稽古には行かない。ならば、動くしかない。

「出かけるか」

つい、独り言が多くなる。

「いや、そういうわけにはいかんか」

すると、千代から変な目で見られた。とにかく出かけよう。行く先は連妙寺に決まっている。民部に任せたが、下駄《げた》を預けっ放しというのはよくない。民部とて日常の役目があるだろう。さすがに、鎚を持って行くことはやめた。

「出かけてまいります」

「何処へ」

千代はいかにもうさんくさそうに見る。

「いや、まあ、あちらこちら」

そう言うとそそくさと屋敷から外に出て行った。


連妙寺に来た。

山門を潜り境内を散策すると民部がいる。

「よお」

民部の背後から声をかけた。民部はぴくんとなってから振り返り、

「寺坂さま」

驚きの声を上げた。

「どうした、こんなところで」

寅之助が問いかけると、民部はいかにも心外だと言わんばかりの顔となってから、

「寺坂さまに言われた探索を行っておるのですよ」

「そうか、探索か。だが頼んだのは武蔵屋の探索だぞ。それがどうしてここへやって来たのだ」

「それが、武蔵屋を訪ねたのです」

民部は武蔵屋から連妙寺にやって来た経緯を語った。

「すると、武蔵屋はその唐橋とかいう大奥の中臈と懇意にしておるということか」

「そのようにお見受けしました」

「その唐橋はこの連妙寺とも関係が深い。これは臭うな」

「こんなことを申しては何でございますが、寺坂さまの目的を教えてくださいませんか」

実際、民部とて何も知らされずに探索をさせられたのでは不安だろう。それはわかる。

「わたしのこと、信用できませぬか」

ふと、民部の目が寂しげに揺れた。

「いや、おれが悪かった。おまえを見込んで腹を割ろう」

寅之助は、水野忠邦《ただくに》から兵藤美作守についての探索を命じられたことを、かいつまんで話した。

「つまり、幕閣の勢力争いというわけだ」

「わたしにとりましては、雲の上の話でございますね」

「おれにとってもだ」

いかにも寅之助にも本意ではない仕事である。

「これからどうする」

「引き続き探索を行いたいと思います」

民部の物言いは、道場や寺坂屋敷で見せた素振りとは大違いの自信に満ち溢れていた。やはり、八丁堀同心ということだろう。

「唐橋殿とか申す中臈、何をしに参ったのだろうな」

「おそらくは、逢引《あいびき》」

民部は言った。

「唐橋殿が逢引な。寺を使っての逢引、大奥の女どもが行っているとは耳にしたことがある。いかにもありそうだ。となると、相手は連妙寺の若い坊主か」

「わかりません。しかし、ここで張り込んでおれば、わかると思います」

「よし、おれも張る」

「寺坂さまはおやめになった方がよろしいですよ」

「どうしてだ」

「いや、その……」

「はっきり申してみよ」

「では、申し上げます。目立つのです」

民部はきっぱりと言った。寅之助の顔が不安に曇る。それから声を上げて笑った。

「餅《もち》は餅屋と申します」

民部にいわれて、

「違いない」

寅之助は納得した。

「では、わたしにお任せくだされ」

「頼む」

寅之助は山門から外に出た。あの八丁堀同心、青瓢簞のような男と侮《あなど》っていたが、同心としては目端が利くのかもしれない。いい弟子を持ったものだ。

民部は庫裏に近い植え込みに身を潜めた。それから庫裏に注目する。やがて、山門から若い男が入って来た。商人には見えない。なよやかで、着ている物の趣味はいい。どことなく粋《いき》な雰囲気を漂わせている。

「ごきげんよう」

男は寺男や小坊主に愛想を振り撒《ま》きながら庫裏へと歩いて行った。民部は植え込みを出ると先ほどの小坊主に近づいて、

「今のは」

何気なく聞く。

「大野菊之丞《おおのきくのじょう》ですよ」

歌舞伎役者ということだ。

唐橋の相手は歌舞伎役者ではないのか。そんな気がした。

「よく、来るのか」

「時折《ときおり》ですよ」

「売れっ子だものな」

「大した人気だということです」

小坊主は民部から与えられた飴を美味《うま》そうに頬張った。

寅之助は連妙寺を出た。

取りあえず、自宅に戻ろうと考えた。民部は思ったよりも仕事ができそうだ。人を見かけで判断してはならないということを痛感した。唐橋の一件は民部に任せておいて大丈夫だろう。そう思うと足取りも軽くなる。そして、上野広小路の横町を入ったところ、火除け地と化した野原を横切ろうとした時だった。いきなり、殺気を感じた。

気づくと背後に五人、前方には七人の侍たちが囲んでいた。

「誰に頼まれた」

寅之助が言葉を浴びせかけたが、返事はない。

返事の代わりに抜刀して斬りかかってきた。寅之助は前方の敵の真っただ中に斬り込んだ。敵の輪が乱れる。

寅之助は大刀を鐺のように振り回すと、背後から斬り込まれた。寅之助は咄嗟《とっさ》に大刀を背中に回し、受け止める。返す刀で横に払う。切っ先が敵の籠手を襲う。敵は指を切り飛ばされ、その場に蹲《うずくま》った。

侍たちは遠巻きに寅之助を囲む。

そこへ行商人が通りかかった。行商人は驚きの声を上げた。侍たちに動揺が走ったと思うと、騒ぎになることを恐れたのか大刀を鞘《さや》に納め足早に立ち去った。

またしても襲われた。今回は水野のやった狂言ではない。本気で自分を殺そうとした。ということは兵藤の手の者か。とするなら、兵藤は自分が水野の意を受けて探索に当たっていることを知っていることになる。油断のならない相手だ。

しかし、命を狙われるということはそれにふさわしい理由があるわけで、その理由とは水野に探られたくないことがあるに決まっている。ここで、嫌でも自分は水野と兵藤の権力争いに巻き込まれてしまったと言えるのかもしれない。

三

その晩、寅之助は民部の訪問を受けた。民部は夜分の訪問をやたらと恐縮していたが、千代は歓待し、お茶に羊羹《ようかん》を添えて出した。二言三言、言葉を交わし、千代が居間から出て行ったのを見計らい民部は報告をした。

「どうやら、狙い通りです。唐橋さまの逢引相手は歌舞伎役者大野菊之丞という男でした」

「歌舞伎役者とうまいことやっていたのか」

しょうがないものだという気がした。しかし、だからといって、それと兵藤の弾劾《だんがい》とは繋がるものではない。水野ははっきりと兵藤を追い落とすとは言っていないが、公儀転覆の陰謀ありと疑っているからには、兵藤の追放を狙っているに違いない。いまは、大奥の醜聞《しゅうぶん》とそれを手助けする連妙寺の存在しかわからないのだ。

「よく、調べてくれたな」

「あれくらいのことでよろしかったら、なんでもありません」

「さすがは、八丁堀同心だ」

持ち上げたが、民部は乗ってはこなかった。

「ならば、お願い致します」

民部は律儀にも素振りの稽古をするという。今日は帰って休めとは言えなかった。

民部に付き合って、庭に下り立った。

「いざ」

今日の民部は自信に満ちている。目の色も変わっている。以前はやらされているという感じが前面に出ていたのだが、今日は自分から積極的に素振りに励んでいた。

「よし」

寅之助の指導もおのずと気合が入った。なんとしても、民部を一角の剣客にしてやりたいという気持ちが強くなったのだ。

「もっと、腰を入れろ」

「はい」

応じる声も違う。

民部の息遣いが激しくなり、それにつれて木刀が風を切り裂く音が強まってゆく。それは春夜の艶《つや》めきも跳ね返す気迫に満ち溢れていた。

民部はやがて五十回の素振りを終えた。その顔は心地良い疲労に覆われていた。それを見ると寅之助も大いなる達成感を得ることができた。


明くる二十日、民部は殺しの現場に遭遇した。

現場は両国橋《りょうごくばし》の袂。女の亡骸《なきがら》が橋脚に引っ掛かっているのを棒手振《ぼてふ》りの魚売りが見つけたのである。亡骸は首を絞《し》められた上に大川《おおかわ》に投げ捨てられたと思われた。

「青山の旦那、殺しにはここんとこ立ち合ってませんから、腕が鳴りますね」

繁蔵《しげぞう》が言った。父が手札を与えた岡っ引である。元は博徒《ばくと》だったが、父が捕縛をしてその度胸の良さと目端が利いている点に目をつけ十手を持たせたのである。神田から両国にかけてを縄張りとし、その辺りに巣食う博徒ややくざ者、夜鷹《よたか》といった連中との繋がりを持ち、罪人探索にはもってこいの男だ。

「腕が鳴るということはないがな、まあ、気負うことなく下手人を挙げるさ」

「おや、こいつは珍しい。どうなすったんです。旦那らしくもねえ。今、騒いでいる飛び込みの一件から外されて愚痴《ぐち》っていらしたじゃありませんか」

　飛び込みの一件とはこの十日で起きた大川への身投げである。女四人は、一人は芸者、三人は商家の女房だったが、両国橋から大川に飛び込み死んでしまったのだ。四人とも、飛び込む前に気が狂《ふ》れたような所作をしていたという。

　原因がわからないだけに遺族は怒りのぶつけようもなく、それだけに深い悲しみに打ちひしがれている。

　民部は探索から外され、八丁堀同心として町人の役に立てないもどかしさと情けなさに胸を痛めていた。

　今回は殺し、身投げではない。

「愚痴ってはおらんが。これは例の身投げとは違うな」

　むっとして民部が返すと繁蔵はまじまじと見返し、

「近頃、やっとうの稽古を熱心になすっていらっしゃるのと関係があるんですか」

「何がだ」

「いや、その、気負いというものがないってこってすよ」

「そんなことはない。それよりも、身元を確かめるのが先だ」

「合点でえ」

繁蔵は腕まくりをした。


身元はすぐに割れた。

柳橋《やなぎばし》の船宿桔梗屋《ききょう》の女将でお光《みつ》という女だった。

「よし、聞き込みだ」

さすがに民部も亡骸の身元が判明したとなると俄然、八丁堀同心としての魂《たましい》が疼《うず》いた。

船宿でのお光の評判を聞こうと船宿にやって来ると、周辺の聞き込みを行う。両国の茶店で民部と繁蔵は茶を飲みながら今日の成果を確認し合った。

「まいりましたね。お光って女、相当に評判が悪いですぜ」

繁蔵は呆《あき》れ返った様子である。

繁蔵が呆れるのは無理もない。お光という女、船宿の女将という立場を利用し、強請《ゆす》りを行っていたのだ。船宿は何も船に乗るための休憩所という役割だけではない。男女の逢瀬《おうせ》にも使われる。そうした逢瀬を楽しむ者たちは、大抵が世を忍ぶ関係にある。つまり、世間を憚る身の上である。

そうした男女をお光は後日、強請っていたのだという。

「殺されて当然の女ってことですよ」

繁蔵は言った。

「確かに、悪い女だが、殺されていいものじゃない。とにもかくにも、下手人を挙げてやらないことには成仏《じょうぶつ》はできない」

「そりゃそうだ」

一旦は納得した繁蔵ではあるが、じきにお光のことをなじり出す始末だ。

「ところで、気になることがありますね」

「うん」

民部も心に引っ掛かることがある。それはお光が近々、大物から大金が入ると言っていたことだ。

「大金ってのはどれくらいかはわかりませんがね、お光が自慢していたってことは相当にまとまった金って考えていいんじゃありませんかね」

繁蔵の言う通りだと思う。

「となると、強請る相手というのは何者だろうな。大物と言うからには、大店の商人ということか」

そう考えるのが無難なような気がする。繁蔵も賛意を示した。

「それで、その強請り相手こそが下手人と考えて間違いありませんよね」

「そうだろうな」

民部もそう確信した。

「となると、案外、下手人を挙げるのは早いかもしれませんよ」

「わたしもそう思う」

「なら、明日から、その商人に狙いをつけて聞き込みをするってことで」

繁蔵は探索の道筋がついたことで安堵の表情だ。それからおもむろに、猪口を傾ける格好をした。

「どうです」

「いや、やめておく」

民部は首を横に振る。

「なんかあるんですか」

繁蔵は残念そうに顔を歪めた。剣術の稽古だとは言いたくない。しかし、繁蔵はそのことを薄々気づいている。

「今日も素振りですかい。血豆を造って、そら、熱心なこって」

「まあ、いいではないか」

民部は言うと腰を上げた。

するとそこに、

「あの、八丁堀の旦那ですね」

中年の日焼けした男が現れた。男はお光の船宿で船頭をしている留吉《とめきち》だと名乗った。民部も繁蔵も思わず身構える。

「女将さんを殺した野郎、わかりましたか」

「いや、まだだが、おまえ、何か心当たりでもあるのか」

民部が問いかける。

「いえ、そういうわけじゃねえんですがね。あたし、怖くなって」

留吉は怖気《おぞけ》を振るった。

「どうしたんでえ、言ってみな」

繁蔵が問いかける。

「へえ、それが」

留吉は一旦は心当たりを話そうと思ったらしいが、いざとなると恐怖心にさいなまれているようだ。

「お光が船宿の客を強請っていたってのは調べたぜ」

繁蔵は留吉が話しやすいように言った。留吉はそれで気持ちが固まったのか、おもむろに語り出した。

「そうなんですよ。はっきりとは言いませんでしたがね、女将さん、強請っていたんです。それで……」

留吉は一冊の帳面を出した。

「宿帳かい」

繁蔵は受け取ると民部に渡した。民部はぱらぱらと宿帳を捲《めく》った。そこには船宿を利用した者たちの姓名と所が記されてあったが、それが偽名を記していることは確かだ。すると、

「その、印がついているところがありますね」

留吉が言い添える。

なるほど、何人かの客の頭に丸印が書かれてある。

「この印が、お光が強請っていた相手ってことかい」

繁蔵が訊く。

留吉はうなずいた。

「しかし、これは偽名だし、住まいもでたらめだろう」

民部は首を捻った。

「それが、この丸印の客は」

留吉は更に書付を手渡した。そこには名前と素性、所が記されている。

「これは確かな名前と住まいなんです」

「どうしてそんなことが言えるのだ」

民部は訝しんだ。

「あたしがつけて調べたんですよ」

留吉は、お光が目ぼしいと踏んだ客の後をつけ、素性を確かめることが役目であったという。

「面目ねえことに、それで駄賃を稼がせてもらっていたんです」

留吉はぺこりと頭を下げた。

「ずいぶんと、下劣な真似をしていたじゃねえか。だが、こうやって、正直に話してくれたってのは、おめえも、悔いているってことだな」

繁蔵に言われ留吉は頭を下げた。

民部が、

「おまえ、この中にお光を殺した者たちがいると考えているんだな」

「はい」

留吉は言葉に力を込めた。

「そういうことか」

繁蔵の目も光った。

「女将さんは、ろくな女じゃなかったけど、殺されていいもんじゃございませんよ」

民部は期待に応えるように大きく首を縦に振った。繁蔵も任せろとばかりにうなずく。

「くれぐれも頼みます」

留吉は夕暮れに消えた。

「明日から、当たりますか」

繁蔵は燃えに燃えた。

四

民部は自宅に戻り、食事をする前に庭に下り立った。探索の道筋がついたことでいやがて上にも気合がみなぎる。びゅんと風を切る音も我ながら鋭さを増したような気がした。

美紀もそんな息子のことを頼もしく思っているようだ。

素振りを終え、食事をすると、

「民部殿、このところ、顔の輝きが違いますね。寺坂さまに無理なお願いをして稽古をつけて頂いていることがいいのでしょうか」

「そうかもしれません。探索の方もうまくいきそうなのです」

「まあ、そうなのですか」

「殺しです」

殺しと聞いて美紀の顔が曇ったが、それでは八丁堀同心の母として失格だと思ったのかすぐにしゃんとなって、

「それはよかったですね。ですが、焦りは禁物ですよ」

美紀が心配げなのにはわけがある。民部の父太兵衛は殉職《じゅんしょく》をしたのだ。三年前のこと、江戸を騒がせていた神輿《みこし》の源太《げんた》という盗人一味を追っていた。太兵衛は源太の子分を捕縛し、一味の巣窟《そうくつ》を探し当てた。ところが、功を焦るあまり単身乗り込んだのが仇《あだ》となった。巣窟はもぬけの殻。おまけに一味に囲まれて命を落としてしまったのだ。

「わかっております。繁蔵も心配してくれています。無茶はしません」

「本当ですよ。民部殿は亡き父上の血筋でとても生真面目ですからね」

美紀は心配が去らないようだ。

「決して命を落とすような真似はしません。そのために、剣の腕も磨《みが》いておるのです」

「そうですか」

美紀はそれ以上は追及してこずにうなずいた。

明くる二十一日、一旦、両国で繁蔵と待ち合わせた民部は留吉から手に入れた書付を元に聞き込みを行った。記されていたのは三人。

「緒方宗純《おがたそうじゅん》、これは医者ですね。それから、大和屋義助《やまとやぎすけ》、これは質屋。それから、醬油《しょうゆ》問屋能登屋《のとや》の女房お累《るい》。まったく、亭主の目を盗んで男と乳繰り合ってって女ですぜ」

繁蔵は大きく顔を歪《ゆが》めた。

「なら、まずは医者から訪ねてみるか」

「そうですね。豊島町《としまちょう》ですから、こっからは近いですものね」

繁蔵が先に立ち、民部は緒方宗純の家へと向かった。

緒方の診療所は豊島町の一角にあった。診療所の看板が掲げられている。繁蔵が中に入ると板敷が広がり、患者と思《おぼ》しき男女が数人診療を待っている。患者の話では今往診に行っており、間もなく戻るとのことである。

「表で待っていますか」

繁蔵の言葉に賛同し、診療所の表で待つことにした。

程なくして、薬箱を弟子に持たせた恰幅《かっぷく》のいい男がやって来た。黒の十徳《じっとく》、袖なし羽織という医者らしい格好をしているが、船宿での逢引ということが頭の中にあるせいで、とんだ不良医者という目で見てしまう。

「何か、御用かな」

緒方の顔が凝らされた。

「先生、ちょいと訊きたいことがね」

繁蔵は腰の十手を指し示した。

緒方の顔がしかめられた。弟子に先に行っているよう言うと、

「何事でござるか」

「柳橋の船宿の女将でお光って女、ご存知ですよね」

繁蔵は言った。

緒方の目が揺れる。

「死んだんですよ」

繁蔵は畳み込む。

「まさか」

緒方は絶句した。それが芝居なのかどうかは民部の目にはわからない。

「死んだというと」

「昨日、両国橋の橋脚に引っ掛かったという女の仏、あれがお光ですよ」

「では、殺されたのか」

緒方は数度首を縦に振った。

「それで、どうしてわしの所に」

緒方は気を取り直したように訊いてきた。繁蔵は民部に目配せした。民部がうなずく。

「先生、お光から強請られていましたね」

民部の物言いは丁寧だが、いい加減な返事は許さないとばかりに目に力を込めた。

緒方は目をそらした。

「いや、それは」

「女との逢引を逆手に取られて強請られていたんじゃないのですか」

「馬鹿な」

「馬鹿なではござらん」

民部の声はどすが利いていた。

「そ、それは確かに。だが、まさか、それでわしが殺したと申されるか」

緒方はひどく狼狽《ろうばい》している。

「一昨日の晩、先生は何処におられましたか」

民部の問いかけに、緒方は記憶の糸を手繰《たぐ》るようにして中空を見つめていたが、

「往診に行っておった」

と、まるでそれが免罪符であるかのように往診先を告げた。商家が三軒である。

「このこと、確かめますぞ」

民部は強く言う。

「むしろ、こちらからお願いしたい。わしの無実が明らかとなろう」

緒方は自信たっぷりに言った。

「では、そうさせて頂きます」

民部は繁蔵を促し診療所を後にした。


「どうですかね」

繁蔵が訊いてくる。

「一昨日の行い、確かめてからだ」

「どうします。すぐに裏取りに行きますか」

「二手に分かれよう。おまえは裏を取ってくれ。わたしは大和屋と能登屋の女房に当たる」

「合点でえ」

繁蔵は脱兎《だっと》の如く走り出した。

民部は大和屋に赴いた。店先で主人義助に会いたいと申し出た。すぐに義助が出て来た。民部はお光が殺されたことを話し、義助がお光に脅されていたことを確かめた。

「ほんの、出来心だったのです。相手は柳橋の芸者、ちょっとした火遊びでしてね」

義助はどうかこのことは伏せておいてくれと必死に拝み倒した。義助は婿《むこ》養子だった。女房には頭が上がらないらしい。絶対に女房に知られてはまずいのだということだった。

「わかった。そのことは不問に付すゆえ聞かせてくれ。一昨日の晩、何処で何をしておった」

民部は訊いた。

「店におりました。店を終え、帳面付けをして、食事をしたあとは寝てしまいました。本当でございます。奉公人たちに確かめてください」

義助はぺこぺこと頭を下げた。まるで、民部が悪いことをしているかのようだ。

「よかろう。確かめてみる」

民部は言った。

「まったく、悪いことはできませんね。あたしは、十二でこの店に奉公に上がり、小僧から始めて手代に進み、亡くなられた旦那さまに認められ、婿養子になったのです。婿養子になって三年。小僧の頃からしますと十八年、商い一筋に働いてきたというのに、魔が差したと申しましょうか」

義助は頭を抱えた。

「お光からいくら強請られた」

「最初は五両、次にまた十両。そして、これが最後だと五十両払えって、あそこの船頭を寄こしました」

聞けば聞くほど性質《たち》の悪い女であったようだ。

「これに懲りて、もう、火遊びはやめるんだな」

民部は言っている自分が若造のくせにという思いを呑み込んだ。

第五章　許されざる逢瀬《おうせ》

一

寅之助は瀬尾道場にあって、さてこれからどうするかと思い悩んでいた。大奥の唐橋と歌舞伎役者の密通、そのための場を提供している連妙寺の罪を弾劾したところで、兵藤とどう繋がっているのかはわからない。水野は兵藤が公儀転覆を謀《はか》っていると言ったが、兵藤が一体何を企んでいるというのだ。

まさか、大奥の中臈を連妙寺の西念とつるんで籠絡《ろうらく》しようというのか。

そんな程度のことなら天下の政《まつりごと》というほどのものでもないし、わざわざ、自分が駆り出されることもなかろう。醜聞に一々、関与などしてはいられない。

すると無性に嫌になってきた。

そのむしゃくしゃとした気分を吹き飛ばすべく瀬尾道場へとやって来たのだ。

今日は民部は来ていない。

山岡が丁寧な挨拶をしてくる。門人たちの自分を見る目は明らかに変わっている。誇らしさよりも面映《おもは》ゆい気分になってしまった。

山岡が寅之助に耳打ちをした。

「先日の道場破り、赤塚何某ですがどうも気にかかります」

赤塚が道場の周りを徘徊《はいかい》しているという。

「師範代殿のことを付け狙っておるものと推察致します」

山岡は言った。

「坊主にされた恨みか。懲りない奴だな」

寅之助は捨ておけと返した。しかし、山岡の不安は去りそうにない。

「我らで捕えようと思います」

「それはするな。捕えてどうするのだ。ただうろついているだけでは罪には問えぬ。このままにしておくしかあるまい」

「ですが、師範代殿のお命が」

「何の、一ひねりだ。見たであろう」

「まともに立ち合えば、赤塚なんぞ、師範代殿の敵ではございません。しかし、付け狙っておる者は手段を選びません。闇討ち、騙し討ち、あらゆる手立てを用いて師範代殿を狙うのではございますまいか」

「確かに狙っている方が、狙われている者よりも強い」

「また、そのような」

寅之助の他人事《ひとごと》のような態度に山岡は苦い顔をした。

「心配してくれて感謝する。しかしな、何も大仰にすることはない。狙いたくば、狙えばよいのだ。あのような負け犬に何ができようか」

寅之助は山岡の心配を吹き飛ばそうと快活に笑った。山岡はまだ何か言いたそうだったが、これ以上言っても聞き届けてはくれないと諦めたのか、口をつぐんだ。


稽古が終わって帰りがけに瀬尾に呼び止められた。

「門人たちとはずいぶんと馴染んだようですな」

瀬尾は気遣いを示してくれた。

「どうにか、やっております」

「赤塚とか申す道場破りの一件が門人たちに寺坂殿の存在を強く印象付けたようです

ね」

瀬尾の物言いは冷静であるだけに、先ほど山岡から聞いた赤塚の一件が思い出された。

「先生のお留守中に勝手な振る舞いをしてしまいました」

「寺坂殿がわが道場の看板を守ってくれたと門人たちは思っておりますし、わたしも同じ思いです」

「そう言われますと、恐縮です」

「ところで」

瀬尾は山岡をはじめ、門人たちが徘徊する赤塚のことで騒いでいることを持ち出した。

「放っておけばいいのです」

寅之助は言った。

「いかにも寺坂殿らしいですな。しかし、わたしは妙なものを感ずるのです」

瀬尾の言葉だけにおろそかに聞き流すわけにはいかない。

「と申されますと」

「赤塚という男、普通の道場破りではないような……」

「それはいかなることですか」

「道場破りと申す者、大抵は金目当てでござる」

「赤塚は違いましたな。しかし、腕試しをしたい道場破りという者もおってよいと存じますが」

「もちろんです。しかし、赤塚にはそうした腕試しというのとは異なるものを感じます。道場破りというよりは、寺坂殿に狙いをつけていたような……」

「というと」

「寺坂殿とはどのような男なのか、それを見に来たような気がしてならないのです」

「瀬尾道場の師範代たる者の腕を試そうというのではござらぬか」

「それとは違うような」

瀬尾の顔は曇ってゆく。

「それで、今度はわたしを付け狙っておると」

「寺坂殿、何かお心当たりはござらぬか」

「さて」

まさか、兵藤の手先ということか。赤塚は兵藤の意を受けて自分を狙っているのだろうか。

「ともかく、身辺には気を付けられよ」

「道場に御迷惑をおかけしたような」

気遣われるとかえって申し訳なくなってしまう。

「いや、寺坂殿を師範代に望んだのはわたしですから、道場に迷惑をかけられるなど露《つゆ》ほども思いませぬ」

瀬尾の丁寧な物言いがより責任感を抱かせた。

「ともかく、ご忠告、痛み入ります」

寅之助は立ち上がった。

「くれぐれも用心めされよ」

瀬尾の言葉に見送られて道場を出た。瀬尾と門人たちの忠告が耳に残り、さすがの寅之助も不安にさらされた。鐺を担ぎ、夕暮れの街を行く。つい、人混みの中に赤塚の姿を追い求めてしまう。

赤塚木右衛門。

相州浪人といっていたが、一体何者であろうか。

兵藤とは関わりがあるのだろうか。

腕はまずまずだった。いや、待てよ。その腕も、自分に対した時に見せたものは本当の赤塚の腕であったのだろうか。あれが偽りであったとしたら。

そうなら、まさしく、自分に狙いをつけてきたことになる。

誰が好き好んで、坊主頭になどなるものか。手加減をし、坊主頭になる覚悟までして自分との勝負を挑んだということだ。

「ええい、わけがわからん」

あれこれ考えても仕方がないし、面倒になってきた。

「あの」

男に声をかけられた。

財布をすった掏摸である。

「おまえ」

「その節は失礼しました」

掏摸は一通の書付を手渡した。水野からである。掏摸は書付を渡すと早々に立ち去ってしまった。

書付を開ける。

そこには兵藤の企みがどの程度わかったのかという督促《とくそく》と、連妙寺をもっと探れと記してある。

「ふん」

面倒なことになったものだ。もっと探れと言われても、どうしたらいいのか。またぞろ、民部に頼むというのも芸がない。いや、芸があるとかないとかの問題ではない。探索などといってもどうすればいいのか。こんな自分に頼るとは水野も人を見る目がないと思ってしまう。

ともかくも、明日、連妙寺に行ってみるか。

そう思った時、

「よう」

声をかけてきたのは、饅頭笠《まんじゆうがさ》を被り、薄汚れた袈裟《けさ》姿、首からずだ袋を提げている、見るからに托鉢僧《たくはつそう》である。托鉢僧に気軽な調子で声をかけられる覚えはない。むっとした目で見返すと、饅頭笠が上げられた。

「貴様、赤塚」

まごうかたなき赤塚木右衛門である。

「欺《あざむ》いてすまぬ。わしは公儀御庭番赤塚木右衛門、今は御老中水野越前守さまの手足となって働いておる」

なんと、公儀御庭番であったか。

「水野さまはお忙しい。今後はわしが繋ぎ役となる。よいな」

赤塚は寅之助の返事も待たず風のように立ち去った。

二

民部は残る醤油問屋能登屋の女房、お累を訪ねることにした。柳橋にほど近い一角に能登屋はあった。

民部が訪いを入れる。

と、ここで気が差した。お累を訪ねてよいものか。お累は大店の女房。きっと、世間体を憚る立場にあるだろう。八丁堀同心が訪ねて行ったら騒ぎになるに違いない。しかし、遠慮している場合ではない。これは御用なのだと自分に言い聞かせる。殺しの下手人を挙げることができれば大手柄だ。定町廻りとして一人前となったと母にも報告できる。

己を鼓舞し、裏手にある母屋へと回った。

裏木戸から中を覗き、庭の掃除をしていた女中をつかまえ、お累はいるかと尋ねた。ほどなくして、お累と思《おぼ》しき女が母屋から出て来た。

お累はどちらかというと地味な女だった。亭主の目を盗んで男と逢引を楽しむ女には見えない。伏し目がちで、絣《かすり》の小袖は木綿だし髪を飾るのは朱の玉簪《たまかんざし》だけだ。その上、八丁堀同心に呼び出されたという緊張感からかおどおどとしている。

「すまんな」

つい、詫び言から切り出してしまった。何を気遣っているのだと己を叱咤し、口をつぐむお累に向かって心持ち強い口調でお光を知っているかと尋ねた。お累は面を伏せたまま顔を赤らめた。お光と聞いて船宿での逢瀬が脳裏を過ったに違いない。

「知っているのだな」

念押しをするように問いを重ねた。

「はい」

聞き取れないくらいのか細い声だ。

「そのお光だが、死んだ」

「ええっ」

お累の顔が上げられた。戸惑いと驚きの色に染まっている。

「何者かに殺されたのだ」

民部が告げるとお累の顔が恐怖に変わった。

「亭主には黙っておく。おまえ、お光の船宿で逢引をしていたな」

「……………」

お累は再びうなだれた。

「もう一度申す。亭主には黙っておく。不義密通の罪にも問うまい。だから、正直に話してくれ。おまえ、お光に強請られていたな」

「留吉さんという船頭さんが、宿代の割り増し料金だといって、お金を請求してきました」

「払ったのか」

「はい」

お累は怯えたように首をすくめた。

「おまえ、ずいぶんと歳若だな。店の帳場に座っていたのが亭主であろう。亭主と年恰好が合わぬようだが……」

「わたしは後妻に入りました」

聞くまでもないことだった。

「留吉は割り増し料金としていくら請求してきたのだ」

「五両です」

「五両というのは大金だな。よく、払えたものだ」

「それは、旦那さまが払ってくださいました」

「旦那さま……。亭主か」

よほど、寛容な亭主なのか。後妻に迎えたということはお累に惚《ほ》れぬいているのだろう。それゆえ、後妻の不貞にも目を瞑《つむ》って金を払ったということか。

しかし、お累の答えは民部の予想を裏切った。

「船宿で逢瀬を重ねていた相手は旦那さまでした」

「なんだと」

民部には理解不能だ。

「旦那さまと一緒であったのです」

お累は繰り返した。

「夫婦で船宿なんぞでどうして逢瀬など……」

お門《かど》違いとは思ったがそう尋ねずにはいられない。

「旦那さまがお望みなのです」

お累は困ったような顔をした。

「亭主がわざわざ船宿に誘ったと申すか」

戸惑う民部に、お累は旦那さまに尋ねてくれといってきた。

「わたしだって困っていたのです」

お累は一転して訴えかけてきた。

お累の言葉を真に受けていいものか、迷った。この上は亭主の話も聞こう。

「ならば、亭主に話を聞く」

「では、呼んでまいります」

お累は目の前にある茶店で待っていてくれと言った。一瞬、お累の逃亡を危ぶんだが、今更、逃げたところでどうなるものでもないと承知した。茶店に入り、縁台に腰かけて茶を飲む。妙なことになってきたものである。

ほどなくしてお累は亭主の鶴吉《つるきち》を伴ってやって来た。鶴吉は小太りのなんとも冴《さ》えない男である。口元にある黒子《ほくろ》がその間抜けさ加減を際立たせていた。

「このたびは、お手を煩《わずら》わせてしまいました」

鶴吉は風貌通りの間の抜けた物言いで詫びを入れてきた。

「いや、そのことはよいが、おまえたち、お光の船宿を利用しておったのか」

「お恥ずかしいことです」

鶴吉は頭を掻いた。何故そんなことをしたのだという問いかけには顔を赤らめながら、自分は一度船宿での逢瀬というものをしたくなったのだと答えた。子供の頃から厳しくしつけられ、先妻は堅物《かたぶつ》。自分も商い一筋の律儀《りちぎ》な男で通ってきたという。

「ところが、一月ばかり前、お光さんの船宿を利用した時、あ、これは、逢瀬などではなく、正真正銘舟を仕立てたのでございます。ところがその際、逢瀬を楽しむ男女がいらしたのです。女の方はそれはもう立派な身形をしていらっしゃいました。そして、男の方はこれがなんと役者の大野菊之丞じゃございませんか」

鶴吉の見立てでは武家の妻女風であったという。

大野菊之丞、偶然だがまたしても逢瀬を重ねているとは。役者というのはよほどモテるのだろう。

まるで、芝居の世界のようであったという。どうやら、鶴吉はそうした男女の逢瀬を目《ま》の当たりにし、自分でもしてみたくなったのだという。

「それで、一度だけやってみようと思ったのですが、それが病みつきになってしまいました」

鶴吉はお光さん殺されたのですってね、下手人は捕まったのですかと何とも呑気な調子で訊いてきた。

「今、探しておる。ところで、一昨日の晩、どこにおったのだ」

この時になって鶴吉は自分が疑われていると気づいたようだ。怯えたような顔をして、

「あたしは殺していませんよ」

と、素《す》っ頓狂《とんきよう》な声を上げた。周囲の客たちがこちらを向く。民部は舌打ちをしてから、

「確かめただけだ。おまえたちは、お光から脅されていたのだろう」

「そ、そうですが。あたしは留吉さんに言ったんですよ。いい加減にしてくれって。夫婦で逢瀬を楽しんだからって、不義密通にはならないでしょう」

そうしたら留吉はそうは言っても世間体があるだろうって、脅してきたのだそうだ。

「あたしも妙な評判を立てられちゃあ、商いに差し障りが生じますので、これ一度だけですよ」

ってことにして、鶴吉は一度だけだと五両を渡したという。

「お光さんはいい人だったんですけどね」

鶴吉はよほど人がいいのか、お光のことをそんな風に言った。

「お光さん、何かと便宜《べんぎ》を図ってくれましたよ。あたしら夫婦だってことも打ち明け

ましてね、それは親切なお人でした」

鶴吉は賛同を求めるようにお累を見た。お累もこくりとうなずく。

「よくわかった」

民部は話はすんだと茶店を出た。鶴吉とお累はほっとしたようで、ついでに草団子でも食べようと店に残った。殺しの陰惨《いんさん》さとは無縁の夫婦に感じられた。


茶店を出たところで繁蔵がやって来た。

「どうだった」

民部が訊くと緒方の証言は確かだと裏が取れたようだ。

「こっちも、怪しい点はないな」

民部は大和屋義助とお累夫婦への聞き込みを語った。

「なるほど、そいつは妙な具合でしたね」

「世の中、変わった者がおるものだ」

鶴吉の気持ちはなんとなくわかるが、自分が夫婦となって、たとえば、こんなことはないだろうが、志乃を女房としたとしても船宿で逢瀬を楽しもうとは思わない。

「どうも、三人の強請り相手の中には下手人はいないようですね」

「そうだな」

民部はこの時、大きな違和感を抱いた。それを繁蔵は詳しく汲み取る。

「どうなすったんですか」

「どうも引っかかる。お光という女だ。鶴吉夫妻が言ったように、親切だったという評判だった」

「そら、親切に見せかけて、逢瀬を楽しむ男女の名前やら素性やらを聞きだしていたんじゃありませんか」

繁蔵は考え考え答える。

「そうかもしれん、だがな、それよりも怪しいのは……」

民部はここで言葉を区切り、意見を求めるように繁蔵を見た。

「怪しいのは留吉ってことですか」

「考えてみれば、お光が大金が入ると言っていたことの裏付けは、留吉の証言によるものだ」

「そうでした」

繁蔵の顔にも不安の影が差している。

「お光に言われ、留吉が強請りの金を回収しに行くということだったが、むしろ、お光の名を使って留吉が強請りを働いていたとしたら」

「考えられることですが、それなら、わざわざ、強請りをしていたなんて話を持ち出さなくたっていいような気がしますがね」

繁蔵の疑問はもっともである。そうなのだ、留吉が黙っていたら、三人への強請りなどわからなかった。

いや、そうでもない。

「聞き込みを重ねていけばわかることと思うがな」

「そりゃそうですが、何も自分の方から言い出さなくたって」

「ちょっと待てよ。おまえ、留吉がお光は大物を強請っていると言っていたな」

「ええ、そう言ってました」

「留吉がその大物が誰だか知っていたとしたらどうだろう。わたしたちの探索の手が及ぶ前にその大物を強請って金をせしめることを考えるんじゃないか」

「じゃあ、留吉はあっしらの目を三人に向けるために、わざわざ強請りのネタを提供したってことですか」

繁蔵は問いかけておきながら、そう確信しているようだ。

三

「それに違いない」

民部も確信する。

「すると、下手人は」

「おそらくは、その大物」

「留吉ということは考えられませんか」

繁蔵の問いかけはもっともだ。

「それも考えられる」

「ともかく、お光の船宿に行ってみるか」

民部が言うと、二人は駆け出した。

船宿桔梗屋に着いた。

もう、お光はいないとあって船宿はがらんとし、当然ながら船頭連中もいない。

「しまった」

民部が舌打ちしたところで繁蔵が船宿に上がり込んだ。民部も続く。階段を上がると、次第に鉄が錆《さ》びたような臭いが鼻をついた。

二人は顔を見合わせる。繁蔵が閉じられた襖を開いた。

「ああっ」

二人同時に叫び声を上げた。

部屋には男がうつ伏せで倒れていた。徳利が転がっている。湯呑もあった。湯呑は二つだ。男は留吉だった。留吉は口からどす黒い血を流している。

「石見《いわみ》銀山ですね」

繁蔵は留吉に視線を落としながら言った。

「毒を盛られたか。下手人は強請り相手と考えて間違いなかろう」

「決まっています」

繁蔵も断言した。

「やはり、留吉は大物相手に強請りをやらかし、その挙句《あげく》に殺された。自業自得《じごうじとく》といえるが、下手人を挙げなければな」

民部は堅《かた》い決意を見せた。

「留吉が殺されたことで、お光殺しの下手人は強請り絡みとはっきりわかりましたからね」

繁蔵もいやが上にも気負いたった。

二人は船宿周辺の聞き込みに向かった。


寅之助は再び連妙寺へとやって来た。

ここを探索すると言っても何があるのか。境内の隅で普請が行われている。

小坊主に何かと訊くと祈禱所《きとうしょ》だという。

「わざわざ、祈禱所を設けるのか」

「ええ、それはもう、住職さまは熱心にご祈禱をなさるのです」

「何を熱心に祈禱などするのだ」

「それは、天下の平安でございます」

小坊主は大真面目に答えた。

「天下の平安とな」

そこに平安とは正反対の不穏さを抱いてしまう。ともかく、そこには何かの企《くわだ》てがあると思っていいのではないか。決めつけはよくないが、そう思ってしまう。この時、寅之助の脳裏には、

「釣り天井……」

そんな言葉が思い浮かんだ。元和《げんな》八年（一六二二）、宇都宮《うつのみや》釣り天井事件ということがあった。二代将軍徳川秀忠《ひでただ》が日光東照宮に参拝した帰り、幕府年寄で下野国宇都宮藩主本多正純《ほんだまさずみ》が宇都宮城に釣り天井を仕掛けて秀忠を圧殺、暗殺しようとした陰謀である。事は未然に防がれ、本多家は改易、正純は流罪《るざい》となった。

まさか、兵藤と西念は釣り天井を仕掛けようなどと考えているのではないのか。

「こちらに訪れる、高貴なお方はおるのか」

「完成したら、お雪《ゆき》の方さまがいらっしゃいます」

「お雪の方さまとは」

「畏れ多くも公方さまの御側室、このたびご懐妊されて安産祈願にいらっしゃるのです」

「ほう、そうか」

将軍家斉の側室は数多いるが、お雪の方はひときわ寵愛《ちょうあい》を受けているそうだ。そのお雪の方が連妙寺に安産祈願にやって来るとは。唐橋という中臈、お雪の方と深い繋がりがあるのだろうか。

とにかく、このことは水野に報告をするとしよう。

山門を出たところで、托鉢僧姿の赤塚が待っていた。

「どうだった」

図々しくも赤塚は訊いてきた。

「自分で探ればいいだろう。おれになど訊かずとも」

「そう言うな。わしは、水野さまとの繋ぎをやっておるのだ」

赤塚は憮然《ぶぜん》と言う。確かに、一々水野に報告するというのも面倒だ。面倒を見てもらった水野には義理がある。なんと言っても水野の尽力により、自分の首は繋がり、寺坂家の家名は保たれたのである。

「水野さまに伝えてくれ」

寅之助は連妙寺で得た情報を赤塚に伝えた。赤塚は、

「釣り天井事件のう、大いにありそうなことだ」

「お雪の方さまとはどのような方だ」

ついついそのことが気にかかってしまう。やはり、探索をする内に探索行為そのものにのめり込んでしまったのではないのか。

「畏れ多くも公方さまの数多おられる御側室さまの中で、目下のところ一番の寵愛を受けておられる」

「御懐妊とはいかにも目出度《めでた》いが……」

「公方さまはいたくお喜びでな。男児であればどこそこの御家、姫であればどこそこの御家という具合に御側用人さま方は早くも縁付かせる大名家を思案しておられる」

「公方さまのお血筋を迎えるとなると、大名家の方も大変でござるな」

いかにも大変であろう。婿養子に迎えれば、その御家はまずは安泰である。しかし、おのずと御家内での確執を生むことになる。家斉の男子を家に迎えるがために、本来であれば御家を継ぐはずだった大名の子息の扱いに窮する。しかし、何よりも大事なのは大名の血筋よりは御家である。御家安泰であるのならば、婿養子を迎えることは大変なものだ。

一方、姫を迎えるとなるとこれも大変である。姫用に新たな、門や住まいを設けねばならない。その出費たるや莫大なものだ。それでも、将軍の姫を迎えるということは、幕府から課せられる手伝い普請というものを避けることができる。

いずれにしても、その家にとっては大問題だ。

「お雪の方の懐妊、大変だな」

「政に疎いお主にもそのことだけはわかるとみえる」

「貴様が言う通り、おれは政に疎い。よって訊きたいのだが、お雪の方と連妙寺の繋がり、いかなるものであろう」

「兵藤さまが肩入れをしている寺じゃ。お雪の方さまが参詣に訪れれば、この先大した評判を呼ぶ」

「ならば、おれが妄想した釣り天井などではないな。お雪の方に万一のことがあれば、それこそ、寺の権威は失墜する。それどころか、場合によっては破却されるかもしれん」

寅之助は顎鬚をしごいた。

「いかにも、その通りだ。よって、お雪の方さまに危害を加えるなどということはなかろうとは思うのだがな」

赤塚もそのことに対しては懐疑的である。とすれば、兵藤一派にとってお雪の方が無事参拝を済ませることこそが大事ということなのだろう。そういう観点に立って考えてみれば、祈禱所の普請はお雪の方を歓迎する趣向、そう、実際に安産祈願をする場ともとれる。

「ともかく、水野さまに報告致す」

赤塚は言った。

「よろしゅうに。それから、もう、探索の方はこれでよろしいのかとも」

「嫌になったのか」

赤塚はおかしそうに笑った。

「正直、おれの性分には合わん。もう、そろそろ勘弁願いたい」

正直な胸の内を語った。

「一応は伝えるが、水野さまがどう判断されるかは保証できんぞ」

赤塚は足早に立ち去った。


その夕方、寅之助は舅飯塚の訪問を受けた。飯塚は今日もにこやかだが、その顔は先日より格段に上機嫌である。千代が茶を用意する中、

「今日はのう、よきことを耳にしたのでな。これは、是非とも伝えねばならないと思って参った次第」

「まあ、一体、何でしょうね」

千代の顔も期待に染まった。

寅之助も舅の喜びようにただならぬものを感じた。

「実はのう、おまえの命を助け寺坂家の家名を守ってくださったのはのう、やはり内府さまじゃった」

飯塚は誇らしげである。

「内府さまが……」

千代の声が裏返った。寅之助の胸中では水野に対する疑念が確かなものとなった。

水野は自分に恩を売り、利用しているのだ。千代は、

「よきことをお知らせくださいました。飯塚さま、お酒でも召し上がりますか」

「いや、それは」

飯塚は遠慮の体《てい》を装ったが、根っからの酒好きである。目尻が下がり言葉とは裏腹に飲みたそうな雰囲気が溢れかえっている。千代もそれを察してそそくさと立ち上がった。

しばらくして酒の膳が整えられた。

「まずは、一献」

寅之助が酌をしてささやかな酒宴が催された。

四

「舅殿、先日わたしは報告しました。今回は水野さまが内府さまにわたしのことを言

上してくださったと。それは逆であったのですね」

「いかにもその通り、内府さまがお主のことを気に入ってくださっているからこそ、おまえは助けられたのだ」

飯塚は粛々と述べ立てる。

「しかし、わたしには水野さまはあたかもご自分が無理をして、わたしと寺坂家の名誉を守ってやったのだと言わんばかりでした」

「だから用心せよと申したのじゃ」

が、他人の手柄を、さも自分の手柄のよう吹聴するような水野忠邦という男の狡猾《こうかつ》さを思ってしまう。何度も腕試しを行い、隠密を接近させたりもした。どうも水野とは馬が合いそうにない。もっとも、老中と小普請組の旗本とではうまくいくはずもないが。

「さあ、飲め」

飯塚の機嫌を損ねるのも悪い気がしてそのことには触れず、黙って杯を重ねた。

一方、民部は繁蔵との聞き込みで浮上した一人の男が気にかかった。

「大野菊之丞、近頃売り出し中の役者ですぜ」

繁蔵が言う。

菊之丞はお光の船宿を利用するのを何度か見かけられていたのだ。しかも、その相手というのは、

「高貴な女ってのは何者でしょうね」

繁蔵は疑問を口に出した。

「そこだな」

たちまちにして連妙寺の逢瀬が思い出される。決めつけることはできないが、相手は唐橋という可能性もある。

大奥の中臈と歌舞伎役者。

これは大物だ。

それに、こうは考えられないだろうか。

二人はお光の船宿を使っていたが、留吉から強請られるに及び逢瀬の場を連妙寺に移した。

そうだ。そうに違いない。

民部は自分の考えに自信を持った。

「強請りの大物ってのは、菊之丞とその高貴な女ということになりますかね」

繁蔵は言った。ここで唐橋のことを言おうか。いや、相手は大奥の中臈だ。迂闊《うかつ》には口に出せない。

「嫌な予感がしますね」

繁蔵が言うには役者の相手は相当な女に違いない。

「大店の商人の女房には留まらないでしょう。かつて江島生島《えじまいくしま》騒動ってありましたよね」

「まさか、今回も大奥の中臈絡みだというのか」

民部はどきりとしながらもそう言った。

「そうとは決められませんがね。でも、相当に高貴な女ですよ。あっしらじゃ手出しできねえような」

繁蔵は目でどうするのか問うてくる。これ以上の深入りは禁物だと言いたいのだ。民部とて本音としてはそうした危機感が募っている。

「藪蛇《やぶへび》ですぜ」

繁蔵は声の調子を落とした。

「しかし、二人の人間が殺されているのだ。放っておくわけにはいかん」

「そんなことおっしゃったって、お光も留吉も自分の商いを利用して強請っていた悪党なんですぜ。殺されて当然ですよ」

「殺されて当然ではない。そんな人間はいないさ。もし、そうした人間がいるとしたら、それは法によって裁かれ、死罪に処せられるべきなのだ。勝手に命を奪われていいものではない」

「民部の旦那らしいお言葉ですがね。それよりも、あっしは、ここいらが潮時だと思いますぜ」

繁蔵は盛んにこれ以上の深入りを諌める言動を繰り返した。

「旦那、ここはお宮入りってことで」

繁蔵は畳み込む。

「まだ、大奥の中臈と決まったわけではないし、たとえ誰であれ、罪を償わせないというのはいかにも口惜しい」

「旦那」

繁蔵は顔をしかめた。なんと融通の利かないとでも言いたいようだ。それから、

「お父上によく似てらっしゃいますね。お父上も筋を曲げないまことにご立派な方でしたよ」

繁蔵の目はふと懐かしげに揺れたものの、決して誉めているのではなく民部への忠

告をしているのだ。

「ともかく、もう少しこの事件には拘《かかわ》りたい。すまんがな」

「すまんなんておっしゃらねえでくださいよ」

繁蔵はかぶりを振った。

「ならば、今日はこの辺にしておくか」

民部は言うと大きく伸びをした。


寺坂家では飯塚がいい具合に酔って帰って行った。千代が、

「飯塚さま、涙ぐんでらっしゃいましたね」

酒が回り、飯塚は死んだ娘寿美のことを不憫《ふびん》だと悲しみ、病弱な娘を嫁にやったことをしきりに詫びた。寅之助はそんなことはないと必死で寿美のことを庇《かば》ったし、千代も今回の飯塚の骨折りに感謝の言葉を何度も口に出した。

「今日は気分がよかった」

飯塚はその言葉を残し、屋敷を後にした。すると飯塚と入れ違うようにして、

「夜分、畏れ入ります」

あの声は民部である。

「まあ」

千代は楽しげに玄関に向かった。

ほどなくして民部がやって来た。

「今日は素振りはできんぞ。見ての通り、一杯入ってしまったからな」

「そうではございません」

民部の必死な顔を見ると、寅之助の胸には暗雲が垂れ込めてきた。千代は民部の必死さを目にすると、そっと居間から出て行った。

「実は、今、追いかけておりますます殺しがございます」

「殺しの探索か。さすがは、八丁堀同心だな」

つい軽口を叩いてしまってから、民部の真剣さを見て口をつぐんだ。

「その殺しの探索で突き当たったのが、歌舞伎役者の大野菊之丞と大奥の高貴な身分の女」

「唐橋か」

寅之助の胸もどきんとなった。

「諸々の状況を考えるとその可能性が高いと思います」

「よくやったな」

「いや、やはり、相手が大奥の中臈ともなりますと、町方では」

「諦めるのか」

「諦めたくはありません。こんなことを寺坂さまに申し上げるのはお門違いなことと は存じます。しかし、連妙寺の一件があったことですし、このことは寺坂さまにお伝えせねばと思ってやってまいった次第でございます」

「それは感謝する」

寅之助は軽く頭を下げた。

「確かに聞いた。今後、連妙寺には大きな催しがある。唐橋と菊之丞がそれにどう絡むのか。見届けねばならん」

寅之助は胸の高鳴りを覚えた。こんなにも興奮する役目などなかった。先ほど水野に対して抱いたもやもやな気持ちが一気に吹き飛んだ。水野に不審はある。だが、寅之助は自分が課せられた役目に、大いなる意義を感じたのだ。

正月の誓い。

神君家康公から下賜された千鳥十文字の鑓で、天下を乱す悪党を退治する。寅之助の、いや寺坂家累代の当主に課せられた役目を実行できるかもしれない。

寅之助はやっとのことで、探索に大いなる価値を見出せた。

「わたしももう少し、踏み込んだ調べをしてみます。今のところは、唐橋さまと推測できるだけですから、これをもっと確かなものにしなければなりません」

民部の頼もしさといったらなかった。

「そうだな」

寅之助は民部を労《ねぎら》ってやらねばと思い、千代を呼んだ。その声音から判断したのだろう。千代も心得たもので酒の支度をしてきた。民部は恐縮しきりである。

「さあ、楽にしてください」

千代は言った。

「そうだ。まあ、大したものは出せないが、じっくりと飲んでくれ」

「何が、大したものが出せないですか」

千代にたしなめられ、寅之助は気まずい苦笑を漏らした。

「おれに任せろ。おれが、その二人を捕まえてやる」

大言したのは酔いのせいばかりではない。

許せぬ連中だ。自分たちの醜聞をもみ消すがために平気で人を殺すとは。

寅之助は全身の血がたぎるのを感じた。

第六章　掟《おきて》破りの御用

一

　飯塚から聞いた水野の欺瞞《ぎまん》に気分が害されたが、民部という男の純粋さが救いとなった。民部は自分に忠実でありたいと願っている。その上で、八丁堀同心としての立場を思い、苦慮しているのだ。その苦悩と職務に向き合う姿には頭が下がる。

　自分のように同僚や上役とそりが合わず、武士道一筋などという名目の元、好き勝手をしてきたわけではない。民部という男、見かけは青瓢箪、剣の腕はからっきしながら骨太な男だ。

　その青山民部を手助けしてやりたい。いや、手助けしなければ男ではない。

　となると、

「母上、出かけてまいります」

と、言うや腰を上げた。

「何処へですか、と訊いてもどうせ答えないのでしょう」

千代は諦め顔であるが、その目はあなたが間違ったことはしないと信じていると言っている。寅之助は安心してくれというような笑みを送るとそそくさと出て行った。

水野を訪問するのに鑓持参はさすがにまずかろう。

西ノ丸下の大名屋敷街は闇に包まれ、自分の足音のみがやたらと耳につく。武家屋敷の築地塀が連なるその真っただ中を悠然と闊歩《かっぽ》して行くと、ほろ酔い気分から歌でも歌いたい心持ちとなってくるが、これからのことを考えると、とても浮かれてなどはいられない。

水野忠邦の屋敷に着いたのは、夜八つを回った頃合いである。

門番に訪いを入れる。

老中は訪問者が多く、門番たちは来客の扱いに慣れている。ましてや水野は辣腕《らつわん》で知られているだけあって、手慣れた様子で通された。御殿の玄関脇にある使者の間に通され待つことしばし、水野がやって来た。

小袖を着流し、袖なし羽織を重ねるという気楽な装いである。

「夜分、畏れ入ります」

「報告なら赤塚から聞いたが」

水野は不機嫌さを隠そうともしなかった。

「その後、大いなる事実が判明しましたので参上致しました」

寅之助は自信たっぷりに言った。

水野の目が探るように凝らされた。自分にとって利があるのかないのかを推し量っているかのようだ。

「申してみよ」

水野は殊更《ことさら》、聞いてやってもよいという態度を露骨《ろこつ》に示した。

「大奥の中臈、唐橋さまと役者大野菊之丞のことでございます」

「うわさは耳にしたことがある。くだらぬことじゃ」

水野はそんなことをわざわざ言いに来たのかと不快感を募らせている。

「それが、単なる逢瀬を重ねておらぬとしたらいかがされますか」

「思わせぶりじゃのう。はっきりと申してみよ」

「殺しです」

「殺し……」

水野の顔に戸惑いの色が浮かんだのは唐橋と殺しが結びつかないからだろう。

「二人は柳橋の船宿で密会を重ね、そのことで船宿の女将と船頭に強請られておりました。二人は女将と船頭を殺したと思われます」

「まことか」

さすがに水野とて平静ではいられないようだ。

「断定はできませんが、探る価値はあろうかと存じます」

「そなたが探ったのか」

水野は昂《たかぶ》る気持ちを抑えている。

「わたしではありません。ただ、近頃懇意にしております八丁堀同心が真相に肉薄しております」

「その八丁堀同心、大奥の中臈の罪を追及しようというのか。町奉行の筒井伊賀守《つついいがのかみ》はそのこと、承知しておるのか」

「いいえ、本人はずいぶんと悩んでおります」

「それはそうであろう。迂闊に大奥を敵に回すと都合が悪い。悪くすると奉行の首が飛ぶ」

「そこでです。水野さま、唐橋と菊之丞の罪、追及してくださいませんか」

「わしに大奥に手を入れよと申すか」

水野は苦笑を浮かべた。

「唐橋はお雪の方さまとの繋がりも太いと聞き及びます。お雪の方さまと兵藤さまは深く結びついておられるとも聞き及びます」

「………。ただの武辺者ではないな。中々にわしの胆《きも》をついてくるではないか」

水野は余裕を見せるが如く声を放って笑った。

「で、水野さま、よもや見逃すことなく、二人に罪を償わせてくれるのですな」

寅之助は迫る。水野は軽くいなすように扇子を取り出し、開いたり閉じたりを繰り返した。それから、寅之助を焦らすようにその動作を数度繰り返してからぴたりと扇子を閉じて言った。

「よかろう。一つ、唐橋と菊之丞の罪を追及してやろうではないか」

「ありがとうございます」

寅之助は頭を垂れた。

「礼を申すのはわしの方だ」

「ところで、兵藤さまが企てておられる陰謀とはいかなるものなのでしょう」

寅之助は言った。

「よくわからんが、そなたにも見当はつかんようだな」

「いかにも。兵藤さまと水野さまは政において対立するのでございますな」

「いかにも」

隠すこともないと判断したようだ。水野は自分と兵藤の政に対する考え方の違いを述べ立てた。兵藤は西洋かぶれで派手好み、贅沢華美《ぜいたくかび》な風潮を世にはびこらせようとしている。それでは、幕府の台所は傾く一方であるし、夷狄とも戦えないと持論を展開した。寅之助にはよくわからないことだ。そのことよりも、

「わしは、政を担おうと思っておる。政を担うには力が必要だ。よって、わしは力を得たい。それには、金も必要となろう。しかしそれは、あくまでよき政をするためじゃ。ところが、兵藤は違う。兵藤は金のための金とでも申そうか。私腹を肥《こ》やさんがための政なのじゃ」

水野は語っている内に激してきた。

こうなると止まらない。水野は口角泡を飛ばさんばかりの勢いで持論を展開した。

その間、寅之助は、

「ごもっとも」

とか、

「なるほど」

などと相槌《あいづち》を打つのが精一杯である。

「水野さま、水野さまの高邁《こうまい》なお考えを拝聴したからにはこの寺坂寅之助、その手足となって唐橋と大野菊之丞めを捕縛してご覧に入れます」

「ふむ」

水野は大仰な演説をぶった後だけに興奮冷めやらぬ様子で一旦は了承したが、すぐに落ち着きを取り戻し、

「そなたが捕縛するだと」

と、目をむいた。

「件の八丁堀同心はわたしの剣の弟子。弟子の苦境を見過ごしたとあってはこの寺坂寅之助の武名がすたります」

今度は寅之助が大見得を切った。

「まさか、大奥に踏み込む気か」

そなたならやりかねないと水野は言いたげだ。

「まずは、菊之丞を捕まえてやります。菊之丞から芋《いも》づる式に唐橋に辿《たど》り着いてやり

ます。二人の罪を明らかにしますから、大奥筋や兵藤さまから横槍《よこやり》が入らぬよう、しかとその辺の配慮をお願い致します」

「よかろう」

水野は言った。

「しかと、間違いございませんな」

釘を刺すと、

「武士に二言はない」

水野の言葉はいかにも決まり文句で、果たして信じていいのか不安になった。

「いやあ、水野さまを訪問した甲斐があります」

寅之助は大仰に言ってのけた。

「わしも、そなたのような男を手足として使えること、うれしく思うぞ」

「勿体なきお言葉。ところで、内府さまは息災にお過ごしでございますか」

寅之助の口から家慶のことが持ち出されると、水野の眼差しは微妙に揺れた。

「極めて息災であられる」

水野は素《そ》っ気《け》なく言い置き、書見に戻ると腰を上げた。

「失礼ながら書付を頂けませせぬか」

寅之助は水野の背中に声をかけた。

「書付だと」

振り向いた水野の顔が不快げに歪む。ここは水野にも相応の覚悟を決めてもらわねばならない。それには書面を残すに限る。老中に向かってずいぶんと失礼な申し出ではあるが、ここはきちんとさせておいた方がいいに決まっている。相手は策士の水野忠邦だ。自分を欺いたとまでは言わないが、実際は家慶が救ってくれたのをまるで自分が助けてやったように吹き込み、恩を売って自分を手足のように働かせているのだ。

「お願いします」

大袈裟に頭を下げた。しばしの沈黙の後、

「よかろう」

水野は引き受けてくれた。

二

水野は使者の間を出て行き、しばらくして戻って来た。手には書付を持参している。その書付を寅之助に示した。そこには、寅之助の唐橋及び、大野菊之丞捕縛は自分の指示によるものだと記されている。最後にはもちろん水野忠邦の署名と沢瀉《おもだか》の花押が書かれていた。

「それを持ったからには相応の仕事をしてみせい」

水野は威厳を持たせるためか野太い声を発した。

「承知致しました」

押し戴くようにして書付を受けとり、懐中に仕舞い込むと平伏をした。水野が去ると、寅之助も御殿を出た。出たところで托鉢僧姿の赤塚が待っていた。

「しつこい奴だな」

寅之助が苦笑を投げると、

「何を御注進にまいった」

赤塚はへらへらとした笑みで返した。

「おまえとは関係がない」

寅之助が撥《は》ねつけると赤塚は嫌な目をしたが、それ以上は追及してこず一瞥《いちべつ》をくれて寅之助の前から消えた。

明くる二十二日の朝、民部は朝餉《あさげ》を食し終えた。

「どうしたのですか」

美紀が心配そうに声をかけてきたのは、民部の食欲が目に見えて減退しているからだ。

「いえ、何でもありません」

「ほとんど食べないではありませんか。身体の具合が悪くてはしっかりとした御用ができませんよ」

「母上、まこと大丈夫なのです」

笑顔を取り繕うことで母親を安心させようと思ったが、実際、寅之助と共に大野菊之丞を捕縛しようと思っている、その緊張感からとても食が進まないのだ。それでも、母に心配をかけまいと無理に一膳、口の中に押し込むようにして平らげた。

母に切り火を切ってもらい一路、芝居小屋が建ち並ぶ堺町《さかいちょう》へと向かった。

堺町は、大勢の人々で賑わっていた。

幕府官許の印である櫓《やぐら》をあげた芝居小屋が三つ、すなわち中村《なかむら》座、市村《いちむら》座、森田《もりた》座の三座が建ち並び、役者の名前を染め抜いた幟《のぼり》が春風にはためいている。往来を行き交う男たちの中には見てきたばかりの芝居について熱っぽく語ったり、役者の台詞《せりふ》を真似たりするものが見受けられた。小屋に入らなくとも、芝居の雰囲気を味わえ、別世界に足を踏み入れたような気になる。

芝居小屋の近くにある茶店に入った。そこで繁蔵と共に寅之助を待つことにしたのだ。

「それで、その寺坂さまとおっしゃるお旗本、信用していいんですか」

繁蔵の疑問はもっともだ。直参旗本が自ら火の粉を浴びてくれると言っているのだ。自分の将来を思えばとてもできない行動であるに違いない。

「間違いない」

民部が言っても、

「本当ですかね」

繁蔵は疑いを消すことはない。すると民部は自分までが信用されていない気分に包まれた。

「わたしを信用できぬのか」

つい、言葉を荒らげた。日頃にない民部の激した様子を目《ま》の当たりにしたせいか、繁蔵は呑まれたように口を閉ざしたが、やがて、

「でも、どうして、そんなお旗本とお知り合いになったんですか」

隠し立てをしても仕方がない。

「瀬尾誠一郎先生の道場だ。寺坂さまは師範代なのだ」

「じゃあ、やっとうの方は凄《すげ》えんですね」

繁蔵の目が輝いた。

「古今無双《ここんむそう》の武者。そう、戦国の世の真柄十郎左衛門や加藤清正もかくありきと思わせるお方だぞ」

「そいつは凄えや。真柄十郎左衛門といやあ、太閤記姉川の合戦での豪傑《ごうけつ》振り、何度読んでも胸が躍りますよ。そんなお方にお味方頂ければ、まさしく千人力というやつですね」

繁蔵の声は弾んでいる。

「その通りだ」

民部は言った。

寅之助は朝餉の席において、

「食べ過ぎではありませんか」

千代に注意されるのも当然のこと。丼飯で三杯を楽々平らげ、四杯目のおかわりをしたところだ。

「腹が減っては戦《いくさ》はできませぬ」

これから、いわゆる捕物というやつをやろうというのだ。腹が膨れていなくては十分な働きはできない。

「まあ、戦をするのですか」

千代はおかしそうに肩を揺すった。

「物の譬《たと》えです」

母には黙っておくべきだ。もし、大奥を敵に回すようなことをこれからすると言ったら、卒倒しかねないだろう。いや、身体を張って止めるに違いない。

「何を譬えているのですか」

千代の顔に不安の影が差した。

「なに、今日は道場で大きな試合がありますのでな。それに備えておるのです」

千代の心配を打ち消そうと陽気に語り、食事に戻った。もう一杯食べたかったが、遠慮しておいた。

寅之助は堺町の茶店にやって来た。千鳥十文字の鑓を小脇に抱え、大股で歩き茶店へと乗り込んだ。縁台に腰かけていた民部が立ち上がった。横にがっちりとした中年男がいる。縞《しま》柄の小袖を尻はしょりにし、紺の股引という姿は十手持ち、いわゆる岡っ引というやつだろう。案の定、男は岡っ引で繁蔵だと名乗った。

「八丁堀同心と岡っ引か。いかにも捕物という気になるぞ。腕が鳴る」

寅之助は顎鬚を手でしごいた。

繁蔵がおずおずと、

「大野菊之丞、今日は大勢のやくざ者と一緒に贔屓客の接待に当たっています」

「浅草並木町《あさくさなみきちょう》の小間物問屋三州屋《さんしゅうや》の接待です。三州屋は博徒どもの金主になっております。そのため、大勢のやくざ者が取り巻いておるのです」

民部が言葉を添える。

「やくざ者か。そう聞いて安心した。そんな連中なら多少痛い目に遭わせてもかまうまい」

寅之助は目を輝かせた。

「相手は二十人はいますぜ」

「二十人だろうが二百人だろうが関係ない」

寅之助は自信たっぷりに言う。繁蔵はそれを聞いて、

「こりゃ、心強いや。まさしく、千人力ですよ」

「さて、行くぞ」

寅之助は気分が高揚していた。これから一働きできると思うと、期待で胸がはち切れんばかりとなっている。


「ここですよ」

繁蔵の案内で茶店からほど近い料理屋へとやって来た。

「よし行くか」

寅之助が鐺をしごいたところで、民部がちょっと待ってくださいと制し、繁蔵を促した。繁蔵は仲居をつかまえ、菊之丞がいる座敷を確かめた。菊之丞は二階右手の大座敷にいるという。

民部が先頭に立ち、階段を上った。

階段を上がるにつれ賑やかな音曲が耳に入ってくる。閉じられた襖を繁蔵が開けた。中では盛大な宴が繰り広げられていた。上座に座る三州屋の主人吉五郎《きちごろう》がこちらを向いたが、やくざ者たちも菊之丞も酒を飲む手を休めることもなく、芸者たちも三

味線《みせん》を鳴らしたり酌《しゃく》をしたり、幇間《たいこもち》は調子のいい愛想を言っている。

「御用である」

民部が野太い声を発した。しかし、三味線や太鼓《たいこ》の音にかき消されてしまい、相手に伝わらない。

「御用だ！」

寅之助が怒鳴り鐙の石突で天井を二度、三度強く突いた。まるで虎の咆哮《ほうこう》のような寅之助の雄叫びに浮かれていた座敷にも衝撃が走った。一斉にこちらを向く。寅之助は民部を促す。民部が、

「大野菊之丞、船宿女将お光、並びに船頭留吉殺害の廉《かど》で捕縛致す。尋常に縛につけ」

たちまちやくざ者が腰を浮かした。

「神妙にしろ」

繁蔵が腕捲《まく》りをして十手を突き出す。菊之丞は怯《おび》え切り、立とうとしない。三州屋吉五郎が奥から歩いて来た。

「何かのお間違いではございませんか」

丁寧な物腰ながらきつい目で三人を見ている。この取り合わせは何だと問いたそう

だ。

「御用の筋である。その方には関係ない」

民部は強気な態度に出た。

やくざ者たちがどやどやとやって来た。

「何か、証でもあるのかい」

一人が血気にはやった目でねめつけてきた。

「うるせえ」

繁蔵が怒声を浴びせた。

「証もねえのに、人殺し呼ばわりとは理不尽だぜ」

やくざ者は意地でも菊之丞を渡すものかと言うように、菊之丞の周りを取り囲んだ。吉五郎が、

「失礼ながら、この大野菊之丞は大奥にも贔屓があるという役者ですぞ。その役者を証もなく、殺しの罪でお縄にするとなるとそれなりのお覚悟はあるのでしょうな」

まるで見下ろすようなその態度に大いなる嫌味と居丈高な様子が感じられた。その言葉を聞いたやくざ者たちは勝ち誇ったかのような薄笑いを浮かべている。

寅之助はこの瞬間、堪忍袋の緒が切れた。

「つべこべ抜かすな！」

大声を発したと思うと、鐺をぶるんと振るった。たちまちにして吉五郎とやくざ者二人が風に煽《あお》られた稲穂の如く転がった。

「さあ、こい」

寅之助は更に怒鳴る。

「やっちまえ」

やくざ者も自棄《やけ》になった。

中には懐に呑んだ匕首を抜いて襲って来る強気な者もいる。

寅之助は恐れるどころかうれしくなった。

鐺の柄でやくざ者の頬を殴る。次いで石突で背後から飛びかかってきた敵の腹を突く。相手はもんどり打って畳に転がり、それにつまずいて二人のやくざ者が畳に突っ伏した。それを繁蔵が十手で叩き伏せた。

民部も十手を振るい、やくざ者に向かう。

寅之助は鐺の穂先で膳にある鯛を突き刺し、吉五郎の眼前に持って行った。吉五郎は怯えたように畳に両手をつく。

それでも、向こう気の強い数人が寅之助に挑みかかってきた。

寅之助は鯛を一人の口に突っ込み、素早く引き抜いて左右の敵の顔面を殴り付けた。敵は顔面を血に染めてのたうつ。

たちまちにして、二十人のやくざ者が芋虫のように座敷を這い廻るという珍妙な光景となった。

三

民部も繁蔵もほとんど十手を使うことなくやくざ者を捕縛した。

ところが、肝心の菊之丞は寅之助の手にかかることなく窓から逃げようとした。

寅之助は窓から逃れる菊之丞を追いかけた。菊之丞はさすがに歌舞伎役者だけあって身のこなしが軽やかだ。瓦《かわら》屋根伝いに走り、軒に至ると鮮やかにとんぼを切り、地面に下り立った。ちらっと背後を振り返り、寅之助を見上げるその目が実に厭らしい。

「おのれ」

寅之助も窓をまたいで屋根に出るや鐺を両手で持ち、石突を地面につけると反動を利用して地べたに飛び下りた。菊之丞は予想外であったらしく、ほうほうの体となって逃げだす。

ところが、寅之助はいち早く菊之丞の前に回り込むと、

「じたばたするな」

と、鐙を突き付けた。

菊之丞はへなへなと腰を抜かした。

「立て」

寅之助は目で促す。菊之丞はうなだれながら寅之助に目で威嚇《いかく》され歩き出した。周りの者たちが評判の歌舞伎役者である大野菊之丞だと騒ぎ始めた。こんな危機に瀕《ひん》しながらも、人々に声をかけられると笑顔で応じているのは、役者の性《さが》というものか。

寅之助はいつしか批難の目で見られ、まるで自分が悪いことでもしているような気になってしまった。

寅之助は菊之丞を連れ、料理屋の門口にやって来た。そこに民部と繁蔵が待ち構えていた。

「お疲れさまです」

繁蔵が腰を折った。

「ありがとうございます」

民部も感謝の言葉を述べ立てる。

「これくらいおやすい御用だ。肝心なことはこれからだ。こいつから、唐橋まで辿らねばならん」

寅之助が言うと菊之丞は怯えた目をした。

「やってやりますとも」

繁蔵は大いにやる気を示した。

「ならば、まいるぞ」

民部は繁蔵に言って菊之丞に縄を打たせた。縄目姿の菊之丞に大勢の野次馬が群がり、あたりは騒然とした。中には遠慮会釈《えんりょえしゃく》なく菊之丞が何をしたのだということを訊いてくる者もいる。それを無視して、近くの自身番まで行こうとした時、

「退《の》け、退け」

という居丈高な声がした。

何事かと声のする方向に目を向けると大勢の侍に囲まれた兵藤美作守がやって来るではないか。今日の兵藤は陣笠に火事羽織、野袴という出で立ちだ。脇に羽織袴で付《つ》き従う武士が四人、背後には鉢金《はちがね》を額に巻いて着物を尻はしょりにした侍たちや突棒《つくぼう》、刺股《さすまた》、袖搦《そでがらみ》といった捕物道具をもった中間や小者を従えている。その仰々しい

格好といかめしい顔はまさしくただならぬ様子を示していた。

「兵藤さまではありませんか」

わざと快活に寅之助は声をかけた。兵藤は寅之助に気づいたが軽く聞き流し、

「ご苦労であった」

民部に声をかける。

民部は呆気に取られている。兵藤の傍らに侍る侍が寺社奉行兵藤美作守であることを告げた。その間、兵藤の脇を固める侍たちが野次馬を遠ざけた。民部と繁蔵は地べたに平伏した。

「ご苦労であった。大野菊之丞、こちらで引き立てる」

兵藤は高らかに宣言した。

「あ、いえ、その」

民部は戸惑いの声を漏らす。繁蔵もどうしたことかと目をしばたたいた。

「どういうことでござる」

寅之助が訊いた。

「この者、大奥中臈唐橋と不届きにも密通を重ね、そのことで強請られ、それによって、船宿の女将お光と船頭留吉を殺《あや》めし科《とが》によって捕縛する」

これは意外な展開である。まさか、兵藤が唐橋と菊之丞を捕縛しようとするとは。

「唐橋さまはいかがするのですか」

寅之助が問う。

「唐橋は既に捕縛しておる」

兵藤は平然と返した。

「兵藤さまは、この者たちの罪をいかにして探索なさったのですか」

「無礼者、そのようなことはおまえには関わりないことじゃ。しかし、答えてやろう。わしは寺社奉行じゃ。寺の行いについては目を配っておる。その中に、連妙寺において、大奥中臈唐橋がたびたび参詣に訪れるということを耳にした。捨て置けぬと思った」

兵藤は連妙寺から連絡を受け、唐橋を探るべく配下の者に命じた。

「しかし、町方も追っておったのですぞ」

寅之助は言う。

「これは寺社奉行たるわしの差配の内。町方にはご苦労であった」

兵藤が横柄に言うと、脇を固める男が、兵藤は寺社奉行という高位にありながら自ら捕縛の指揮に当たっていることを誇り、寅之助たちに引っ込むように命じる。その傲慢《ごうまん》な態度には腹が立つ。

「わしは寺社奉行としての本分を尽くす。邪魔立てとは申さぬが、ここは、わしに任せてもらう。それが秩序というもの。むろん、青山、そなたの行いは改めて町奉行筒井伊賀守に伝えておく」

兵藤は有無を言わせず、菊之丞を捕縛して立ち去った。

「寺坂さま……」

民部はがっくりとうなだれた。

「………」

寅之助も言葉がない。水野の書付の効力もないだろう。もっとも、書付は切り札として使うものではなく、あくまで水野がこの問題から逃げないようにという保証のために取ったのだ。では、何のためにそんな保証を得たのか。それは、大奥の中臈に罪を償わせるためだ。よもや、兵藤が動き出すとは考えもしなかった。兵藤がもみ消すであろうと思っていただけに、その兵藤によって唐橋、菊之丞の捕縛が行われようとは想像だにしなかったことだ。

「相手が寺社奉行さまじゃどうにもなりませんよ」

繁蔵は諦めたとばかりに天を仰いだ。民部は肩を落としたままだ。声をかけるのも憚られるようなしょげようである。それでも民部は無理に笑顔を作っているのがわかった。

「寺坂さま、お手を煩わせました。本当にありがとうございました」

「結局、役に立たなかったぞ」

「そんなことはございません。やはり、寺坂さまの鑓の腕は際立っておりました」

民部は繁蔵を見た。繁蔵も我が意を得たりと、

「いやあ、凄え技でしたよ。群がるやくざ者をばったばったと叩きのめした挙句に、菊之丞にも勝るほどの身軽さ、源 義経《みなもとのよしつね》のような身軽さであられました」

繁蔵は歯の浮くような世辞を並べ立てた。鑓の腕が賞賛されればされるほど、菊之丞を兵藤にさらわれたことの悔しさが胸にこみ上げる。

「しかしな、おまえの手柄にしてやると息巻いていたのが情けない結果となった。鳶《とび》に油揚げをさらわれるとはこのことだな。まったく、役目を果たせずにすまん」

「わたしの手柄など……。いや、手柄を立てることができなかったのは、残念ですが。しかし、本来の目的は罪人に罪を償わせるということです。ですから、今回、寺社奉行たる兵藤美作守さまが罪人を捕縛してくださったからには、むしろ、大奥という我らからすれば雲の上の世界でのことですので、きちんと対処なさるものと思いま

す」

いかにも民部らしい優等生的な言葉ながら時折、唇を噛み締めているその様は内心の悔しさを物語ってあまりある。繁蔵もその辺のことは察しているのだろう。聞きながらも悔しげに口をつぐんでいる。

「さて、一杯いくか」

こんなことしか思い浮かばない自分が情けない。しかし、それしかできない。繁蔵が、

「行きましょう」

と、民部を促す。

民部は迷う風であったが、やがてこくりとうなずいた。

三人は目についた縄暖簾を潜った。入れ込みの座敷に上がり、繁蔵が酒と肴を頼む。すぐに徳利と煮しめが運ばれて来た。

「めでたしではないが、ともかく、お疲れさんだ」

寅之助の言葉で酒盛りが始まった。いくら飲んだところで寅之助が乱れるようなことはなかったが、民部と繁蔵は次第に呂律《ろれつ》が怪しくなってきた。

「まったく、お上のなさることはよくわからねえですよ」

繁蔵は酒で気が大きくなったのか、言いたいことを語り始めた。民部は最初の内こそ、そんな繁蔵を諫めていたが酒が進むにつれ口調が荒くなっていった。

「これで、うやむやにされたら、わたしは黙っていません。この首をかけてただしますよ」

民部は意気軒昂《けんこう》だ。

「そうですよ。そん時はあっしも黙っていません。まあ、あっしの首じゃ物の数じゃないかもしれませんがね」

繁蔵は悪酔いをし出した。

寅之助は諫めようとは思わなかった。腹に溜まったものは吐き出した方がいい。

「どんどん飲め」

寅之助は酒を追加した。

四

その日、寅之助と民部、繁蔵は散々飲んだ。飲んで夜道を行くと、自然と酔いの勢いから乱暴な仕草となる。往来の真ん中を鐺を手に闊歩する髭面の侍には犬すらも吠《ほ》えかからない。

「いい気分だな」

天水桶の陰から現れたのは赤塚である。

「ふん、おまえのことだ。今日のことも見ていたのだろう」

笑わば笑えと怒鳴ってやりたかった。それはさすがにぐっと堪えた。

「うまうまとやられてしまったわ」

寅之助は言った。

「まさか、兵藤さまがあのような動きをなさるとはな」

赤塚も予想できなかったと慰めてくれた。

「ふん、慰めはいらん。水野さまはなんと申しておられる」

「水野さまも今回のことはすっかり当てが外れておしまいになられた」

策士水野の苦い顔が浮かび、お門違いではあるが薄笑いを漏らした。

「水野さま、おれのことを怒っておられるか」

「おまえでも気になるのか」

赤塚はからかいの言葉を投げてくる。

「気にならいでか。おれが進言し、大見得切って唐橋と菊之丞捕縛に動いたのだからな」

寅之助は酔いが醒めていった。

「兵藤さまとて、一筋縄ではいかないということだ」

赤塚は真顔に戻った。

「幕閣のお偉い方というのは雲の上のようなお考えをお持ちなのだろうさ」

「そうかもしれん。そうかもしれんが、おまえ、おかしいと思わぬか」

「どういうことだ」

「考えてみろ」

赤塚に言われ、自分なりに考えてみるもののよくわからない。

「鈍《にぶ》い男だな」

赤塚が蔑みの言葉を投げてから言うには、何故兵藤が唐橋と菊之丞の捕縛に動いたかということだ。唐橋は己が贔屓にしているお雪の方の中臈、お雪の方が大奥で大きな勢力を築いていく上で大いに手助けをしてくれる存在だ。その唐橋を処罰するとは。

「兵藤さまが何故唐橋を処罰したのか、おかしいといいたいのか」

ところが赤塚はそうではないとあっさりと否定した。

「おれには解《げ》せぬがな」

「そら、保身に決まっているではないか。いいか、唐橋はいくら兵藤さまでも庇い切れないような罪を犯したのだ。たとえ、自らが手を下したのではなくとも、江島生島以上の醜聞だ。これが漏れたとなれば、大奥は大混乱。せっかく、お雪の方さまのお力が増長しようというのが水泡に帰す。だから、早めに切った、ということだ。おまけに、兵藤さまの巧みさはその唐橋を連妙寺の西念の訴えで捕縛したということにしたところだ」

「なるほど」

寅之助も感心した。西念はこのまま黙っていれば唐橋と菊之丞の密通の場を提供したということで、重い罪に問われていただろう。それが訴え出たことにより、罪に問われるどころか、それが逆に功となったのである。大奥清浄化に役に立ったということで、西念は大いに面目を施すこととなった。

「実に狡猾なお方だな」

寅之助は言った。

「そうでなくては、政を担うことはできんものだ。で、何かおかしいと思わぬか」

赤塚は改めて問いかけてきた。

「兵藤さまはどこで我らの動きを知ったのだろう。疑問だが、町方が動いていたのだから、菊之丞辺りから耳に入ったのではないのか」

「そうかもしれん。しかし、下手人というのはえてして臆病《おくびょう》なものだ。その菊之丞が自ら罪を明らかにするとは思えぬ」

「では、兵藤さまは、どうやって」

「だから、そのことが不思議だと言っておるのだ」

赤塚はうんざり顔である。

なんとなくわかるような気がした。

「それはともかく、策を練り直さねばならんな」

「おれはもう用済みなのではないか。役に立たんだろう」

正直それならそれでいい。いや、むしろ、その方がありがたい。

「いや、それが水野さまはお主のことをいたく気に入っておられる。おまえの処罰が軽くなるよう尽力されたくらいだからな」

それは家慶の顔色を窺ってのことだろうという気がした。

「ともかく、仕切り直しだ。お主もしっかり頼むぞ。このまま負け犬で終わりたくはないだろう」

赤塚は捨て台詞を投げかけると闇に消えた。むしゃくしゃした気分のみが残った。

苦い晩となってしまった。

第七章　仕切り直し

一

それからこれといった動きがないまま卯月《うづき》（四月）を迎えた。

寅之助は悶々《もんもん》とした日々を過ごしていたところへ、舅飯塚が訪ねて来た。なめし革の袋に包まれた細長い筒《つつ》のような物を持参している。それを大刀と並べて右横に置き、飯塚は千代の淹れた茶を飲みながら世間話のような口調で言った。

「兵藤美作守さま、御老中となられ、評判は高まる一方だ」

兵藤による大奥中臈唐橋と歌舞伎役者大野菊之丞捕縛は世間の絶賛を浴びているという。

「なにせ、大奥に手を入れたお方だ。これまでにも大奥には何かと悪い噂があったからな」

飯塚が言うには、大奥の奥女中たちが参詣に事寄せて、その寺を密会の場に使っておるというのは公然の秘密であった。

「ところが、寺を管轄する寺社奉行でそれを糺す勇気を持った者はいなかったということだ。それはそうであろう。大奥を敵に回したのでは、自分の身が危ないからな」

それにも拘わらず、兵藤は堂々と中臈を糾弾した。しかも、その唐橋というのは今、将軍徳川家斉の寵愛を受けること甚だしいお雪の方に近い中臈で、それを処断したのだから、これはもう評判が下がることはない。

「今、世直し老中と大した評判となっておるそうだ」

飯塚は言った。

「なるほど」

つい、生返事になる。

「これは、幕閣のお歴々もうかうかとはしておれんぞ。ところで、次に兵藤さまが考えておられること、何だと思う」

「さて、見当もつきませんな」

「宗門改めの徹底だ」

「ほう、何でまた」

「近海に西洋の船が現れておるであろう。そこで、兵藤さまはこれでは耶蘇《やそ》教が江戸に入り込む恐れがある、いや、既に入り込んでおるのではないかとお考えになり、耶蘇教が江戸で広まらぬよう取り締まりを強めるお考えだ」

「じゃあ、寺を取り締まるんですか」

「町奉行所も動員して、武士に限らず町人連中までも調べ上げるとか」

「ずいぶんと大がかりでございますな」

「東叡山寛永寺《とうえいざんかんえいじ》とか芝《しば》の増上寺《ぞうじょうじ》とその塔頭《たっちゅう》といった寺は大丈夫であろうがのう。他の寺には大きな取り調べの手が入るだろうな」

これが兵藤の狙いなのだろうか。宗門改めを通じて強大な権力を握るということか。しかし、それがどう権力掌握に繋がるのだろうか。

「世の中、動くかもしれんぞ」

「兵藤さまを中心にですか」

水野の悔しがる顔が脳裏に浮かんだ。

「ところが、兵藤さまのお考えはそこで止まってはいない。神君家康公に返れということを唱えておいでなのじゃ」

それはまた大袈裟な物言いである。そんなことをわざわざ言わなくても、歴代、幕府の政を担ってきた者は神君徳川家康を模範としてきた。今更、兵藤がそれを言わなくてもわかり切ったことではないか。

「ところが、兵藤さまにおいてはそうではない。神君回帰の政策として交易を盛んになさる所存なのだ」

「はあ……」

兵藤の考え、さっぱりわからない。

「どうしてそのようなことを……。参勤交代と鎖国は御公儀の祖法ではございませんか」

「それがのう、兵藤さまに言わせると、鎖国は三代家光《いえみつ》公の頃より発せられた法である。神君家康公は外国との交易にそれは熱心であられたとか」

そう言われても寅之助には理解できない。そうだと言われれば鵜《う》呑《の》みにするしかない。

「でも、御公儀が鎖国をしたのは耶蘇教が広まることを恐れてのことではないのですか」

「お主もたまにはいいことを言うな」

飯塚に誉められてもうれしくはない。

「だから、兵藤さまは宗門改めを強化なさり、耶蘇教が絶対に広まらないようにという配慮をしておいでの交易をお考えなのじゃ。その辺のところは用意周到である」

飯塚が兵藤に好意を寄せているのかどうかわからない。

「しかし、幕閣で猛反発があるのではございませんか」

「いかにも、水野さまなどは猛反対だ」

さもあろう。

これ以上、兵藤には好き勝手させないと歯軋《はぎし》りしているに違いない。

「ずいぶんと大がかりになったものですね」

心底そう思う。

「それでだ、こんな物をな」

飯塚は傍らに置いたなめし革の袋に包まれた細長い物を示した。何か筒のようであるが、先ほどから気になっていたのだ。

「これだ」

飯塚が苦笑を漏らしながら革袋から取り出したのはサーベル、兵藤の屋敷で見た西洋の剣である。

「これは、兵藤さまの御屋敷に行った際に拝見しました。西洋の剣で確かサーなんとかと」

「そう、サーベルじゃ」

飯塚はひどく不機嫌である。

「このような、南蛮人《なんばん》や紅毛人《こうもう》が使う剣など使えようか。こんな物に武士の魂《たましい》が入れられようか」

飯塚は試しにサーベルを学んでみよと試験的に支給されたのだという。逆らうわけにもいかず持ち帰ったものの、どう使ったらいいのかわからんと嘆くことしきりである。

「お主、兵藤さまの御屋敷で見たと申しておったな。ならば、使い方はわかるであろう。少しばかり、教えてくれ」

何でも、近々の内に兵藤の前で格好くらいはつけねばならないのだという。大番も大変な時代を迎えたものだ。

「わたしも実際にはやってはおりませんからな。大したお役には立てぬと思いますが、まあ、見よう見まねで」

「それでよい。とにかく、急場を凌《しの》げればいいのだから」

そして飯塚に言われ、庭に立った。

大刀の下げ緒で襷掛《たすきが》けにしてサーベルを右手に持つ。

「このように右手一本で持つのです。そしてこのように」

寅之助は左手を垂直に立て右手でサーベルを持ち、切っ先を水平に向けた。そして

ゆっくりと相手の胸を狙いすり足で動く。

「なんとも珍妙な剣よのう」

飯塚が言った時、千代が茶を運んで来た。そして、寅之助を見て顔をしかめる。

「何ですか、その真似は」

「これは西洋の剣術なのです」

「まあ、そのようなこと。御先祖さまに対して申し訳ないではございませんか。わが

寺坂家は神君家康公以来、鑓一筋に家名を守ってきた家柄なのですよ。それをなんで

すか、夷狄の剣術などを行うとは、一体、どういう了見なのです」

千代の憤《いきどお》りに飯塚がばつが悪そうに、

「すまん。これはのう。わしが頼んだのじゃ」

「まあ、飯塚さまが」

千代は理解不能のようである。

「色々事情がござってな。世の中変わるものじゃ」

「確かに変わるのでしょうが、しかし、武士たる者大和魂《やまと》を忘れてはなりません」

千代はそれだけ強く言うとそそくさと立ち去った。

「千代殿が一番武士らしいではないか」

飯塚はおかしそうに肩を揺すって笑った。

「舅殿、笑っている場合ではござらんぞ。一応、型だけでも覚えていかれたらどうですか」

「そ、そうじゃな」

飯塚は言いながら自分でもやってみたがどうもうまくいかない。

「わしには向いていないな」

「舅殿ばかりか、向いている者の方が少ないでしょう。日本の武士では」

「もっともだ。それに、これはどう考えても、日本の剣術には勝てんぞ。片手でひょいなどという軟弱さ、それに突くだけではな」

「そうは申しましても、確かな使い手であれば、侮れませぬ」

武芸に関しては謙虚、冷静になれる寅之助である。一見して、飯塚の言う通りのような気がするものの、西洋人はこれを巧みに駆使し、凄い技を繰り出すのかもしれない。油断はできないのだ。侮りは身を滅ぼすことになる。

「ま、型くらいは覚えるか」

飯塚は不承不承《ふしょうぶしょう》といった様子で言った。

「では、続けますぞ」

寅之助は飯塚を励ます。飯塚は珍妙な型だと嘆きながらも、しぶしぶ稽古を行った。しばし汗をかいてから稽古を終えた。

「いやあ、まったく、これはこれで身体の節々が痛むのう」

飯塚は腰に手を当て顔を歪ませた。

「日本の剣術とは異なる筋を使うものですからな」

「こんなものが採用されては、我らいかにすればいいものか」

飯塚は途方に暮れた様子である。

「時世というものに勝る怖さはありませんな」

寅之助は言ってから、我ながら自分は何もわかっていないと自覚した。

「お互い、悪い時代に生まれたのかもしれん」

飯塚は言った。寅之助もそう思ったが、大きな違いがある。自分は戦国の世に生まれればよかったと思っているのに対し、飯塚はもっと泰平の世に過ごしたかったと思っていることだ。

二

一方、民部は繁蔵と共に町廻りにいそしんでいた。あれから、民部は奉行所で奉行から感状を与えられた。寺社奉行兵藤美作守から町奉行筒井伊賀守政憲《まさのり》に民部を誉めたたえる言葉が告げられ、兵藤の唐橋断罪に手助けをしたことを評価されてのことである。

母美紀は手放しの喜びようであった。美紀の顔を見ると複雑な気分になってしまう。なんともすっきりしない気持ちのまま役目を続けているのだが、それに反し兵藤の評判は高まる一方である。

「よかったじゃござんせんか」

繁蔵は結果よければといった物言いである。

「案外と兵藤さまというお方はまじめに改革ってやつをなさろうとしておられるのかもしれませんぜ」

「そうかな」

どうも、そんな気にはなれない。もちろん、兵藤は自分から見れば雲の上の存在である。何を考えているかなど到底わかるものではない。しかし、菊之丞を捕縛した際に対面した兵藤は何とも言えぬ底意地の悪さと冷淡さを感じさせた。それはもうぞっとするような冷たさに満ちていた。とても、世の政を担うような慈《いつく》しみなどは微塵《みじん》も感じさせなかった。もっとも、為政者に慈しみなどは必要ないのかもしれないが。

しかし、お上にも慈悲はあるというではないか。

ともかく、今は兵藤が号令をかけている宗門改めを優先して行わなければならない。両国界隈から神田にかけて、各町の自身番に立ち寄り町役人たちが管理している人別帳を見て回っている。今のところ耶蘇教の信者は発見されていない。

「お江戸に耶蘇教の信者なんているんですかね」

繁蔵は疑わしげだ。

「さてな。それを探せということだが。どんなものなのか」

民部とて懐疑的だ。

「お偉いお方のお考えというのはわかりませんよ」

繁蔵は不満たらたらとなった。それから己が不忠を補うかのように、きっと深いお考えがあるんでしょうがと付け加えた。

「ところで、本町の武蔵屋、近頃凄え繁盛だって評判ですよ」

「ああ、あの薬種問屋のか」

兵藤美作守の屋敷に出入りしている商人だと寅之助が言っていたのを思い出した。

「なんでも、薬種問屋組合に入っていないにもかかわらず、商いは太る一方だそうで。店売りなんかもし出しましてね、今まで高嶺《たかね》の花だった朝鮮人参なんかの値の張る薬種を割安で売ってくれるってんで、それはもう、大した繁盛ぶりだそうですよ」

「ほう、何故、そんな高価な薬種を安く売ることができるんだ」

「それが不思議なところでして。でもまあ、安く買うことができりゃ、それに越したことはないってんで、客が殺到しているって話ですぜ」

繁蔵は言った。

「それも兵藤さまと関わりがあるのかな」

「さてどうなんでしょうね。武蔵屋は薬種問屋の組合には入っていないってことですからね、兵藤さまの後ろ盾があったならそれも平気なんでしょうが」

「そうも考えられるな。薬種というものは清国《しんこく》渡来が大半だ。清国から長崎の貿易会所に集まった薬種は一旦、大坂の薬種問屋に送られ、大坂から全国に送られると聞く。薬種問屋組合に属していなければ、清国渡来の薬種は手に入らないではないか」

民部は首を捻った。

「その辺り、何やらからくりがあるのかもしれませんね」

繁蔵がにんまりしたのは岡っ引特有の探索心が疼《うず》いたからだろう。

「探ってみるか」

民部も久しぶりに胸の高鳴りを覚えた。

「怖いですぜ」

繁蔵は藪をつついてまたぞろ蛇が出てくるんじゃないかと危ぶみながらも、好奇心に溢れている。

「待てよ、兵藤さまと繫がっているということは今回の宗門改めと関わりがあるのかもしれんぞ」

「あっしも臭いと思ったところなんですよ」

二人はここで顔を見合わせた。

「一体全体、兵藤さまは何を考えていらっしゃるのでしょうね。また、寺坂さまの手をお借りしましょうか」

繁蔵は寅之助のことがすっかり気に入ったようだ。

「寺坂さまな」

民部も寅之助のことを思うと何故か笑みがこぼれてしまった。

民部と繁蔵は本町にある薬種問屋武蔵屋へとやって来た。

「なるほど」

民部が感心して言ったように店先には大勢の客が殺到している。お目当ては朝鮮人参だった。

「一両ですって」

繁蔵が驚きの声を上げた。朝鮮人参は高価な薬種として知られ、通常五両はくだらないという代物だ。それが一両とは。庶民には一両でも高価は高価だが、それでもこれはおよそ信じられない値である。

「すごいな」

民部も感嘆する。

「どうしてこんな値で売れるんでしょうね」

「さてな」

民部とて答えられるわけがない。繁蔵が言っていたように何らかのからくりがあるに違いない。武蔵屋も商人である以上、施しを行っているのではないのだ。

客には十徳姿の者が目につく。医者であろう。医者からしてみれば、一両の朝鮮人参はまことにありがたいものであるに違いない。

繁蔵が店先で手代を捕まえ、主人の五兵衛に会いたい旨を告げた。ほどなくして五兵衛がやって来た。五兵衛は民部が八丁堀同心であることに気付き、警戒の色を浮かべたがじきに笑顔となり、

「今日は御用は」

と、商人らしい愛想の良さで応対してきた。

「宗門改めだ」

民部は言った。

「手前どもは浄土宗、上野連妙寺さまの檀家《だんか》をしております。連妙寺さまはご存知でございますね」

その誇るような態度は、先頃、将軍側室お雪の方が参詣に訪れたということを自慢しているかのようだ。

「知っている」

民部は言ってから、

「ところで、大した繁盛の様子であるな」

と、店先に視線を転じながら言った。五兵衛は臆《おく》することなく、

「お客さまのお蔭をもちまして」

「朝鮮人参が一両とはやけに安い気がするが」

「それはもう、手前どもも儲《もう》けなしどころか、赤字覚悟で行っております」

五兵衛はぺこりと頭を下げた。

「そうは申しても、赤字が累積すれば商いが立ち行かぬではないか」

「そこは手前ども商人としましての、腕の見せ所でございます」

五兵衛は誇らしげだ。

「なるほどな」

一旦は納得する振りをしておいて、

「時に武蔵屋は薬種問屋組合には属しておらんそうだな」

「よくご存知ですな」

「では、薬種はどこから仕入れておるのだ」

民部はにこやかな顔をしながら視線を凝らした。

「さてそれは商いの上での秘密でございます」

「さもあろうが、隠し立てをしなければならんことか」

「手前どもも商人でございます。商いは絶えず競争が伴うものでございます。手前どもの仕入れの道筋がわかってしまえば、ご同業のみなさまとて指を咥《くわ》えて見ていることはなさいませんから」

「わたしは町奉行所の役人、商人ではないし、他の薬種問屋に漏らすこともない」

「それはそうでございましょうが……」

五兵衛が警戒の色を見せたところで、

「抜け荷ですかね」

繁蔵が冗談とも本気ともつかない口調で言った。

「ご冗談を」

五兵衛はかぶりを振る。とんでもない言いがかりだといわんばかりの顔つきだ。繁蔵は表情を引き締め、

「冗談じゃございませんよ。組合に入っていなくて高価な薬種を手に入れられるなんてのは、抜け荷以外には考えられないじゃございませんか」

「そのようなことはございません」

「ならば、どうしてだ」

民部が改めて問いかける。

「新潟です」

声を潜めて五兵衛は言った。

三

「新潟」

繁蔵は空を見つめ、民部は口の中でぶつくさと繰り返した。五兵衛は新潟も知らないのかという侮蔑の表情で続けた。

「新潟湊《みなと》でございます。新潟湊は北前船《きたまえぶね》の寄港地として知られております。大変に賑やかな湊町でございますよ。そこへ、薩摩《さつま》の船がやってまいります」

北前船は蝦夷《えぞ》地から北陸以北の日本海沿岸にある湊に寄港し、下関《しものせき》を経て瀬戸内《せとない》海《かい》を大坂に向かう。単に荷を運搬するのではなく、船主が積んだ荷を湊ごとで売り買いする買積廻船と呼ばれる船である。新潟湊は北前船の寄港先としては特に賑わっていると江戸でも知られていた。

薩摩は琉球《りゅうきゅう》を支配下にいれている。その琉球には清国から様々な薬種がもたらされる。その薬種を積んだ薩摩船が新潟湊にやって来る。そこには大量の薬種が積まれていて、非常に安価に仕入れられるという。

「では、薩摩藩は抜け荷をやっておるのか」

民部が訊いた。

五兵衛は思わせぶりな笑みを浮かべるに留めた。

「手前どもはあくまで薩摩さまから薬種を買い入れておるだけです」

要するに薩摩がどのように薬種を仕入れようが自分は関係ないということだ。薩摩藩が抜け荷を行っていることは天下公然の秘密ともいえる。

「御台所さまですか」

繁蔵はほとんど聞き取れないくらいのか細い声となっている。そう、将軍御台所宦《ただ》子《こ》は近衛《このえ》家の養女となって家斉に輿入《こしい》れをしたのだが、その実家は薩摩藩島津《しまづ》家である。つまり、御台所を憚って、幕閣も薩摩の抜け荷には目を瞑っているということだ。

「そういうことでございます」

「しかし、薩摩船から買い取るにしても、新潟までの旅費はどうなのだ」

「それを考えてもあまりあるだけの利があるのでございます」

「そいつは凄え」

繁蔵が感嘆のため息を漏らす。

「要するに、薩摩と深い繋がりがあるということか」

民部の問いかけには五兵衛は曖昧《あいまい》に言葉を濁すだけで、はっきりとは答えなかった。

「では、この辺りで、あいにくと商売がございますので」

五兵衛は慇懃《いんぎん》に頭を下げるとくるりと踵《きびす》を返した。

「とりあえず、納得はできますがね、なんだか、胸の中はもやもやとして嫌な気分になりますよね」

「まあ、この世の御都合主義を絵に描いたようだな」

「武蔵屋が薩摩さまと結びついたのは、やはり、兵藤さまのお蔭ですかね」

繁蔵は首を捻った。

「武蔵屋は兵藤さまの御用商人であるし、兵藤さまが御台所さまを通じて五兵衛を薩摩藩に結びつけたということは十分に考えられるが、それはどうもな……」

民部には納得できない。

「どうしましたか」

繁蔵がいぶかしんだ。

「考えてみろ。兵藤さまはお雪の方さまを支援しておられるのだぞ。御台所さまとは対立しているのではないか」

「そうか」

繁蔵も民部同様の疑問を抱いたようだ。

「従って、武蔵屋を薩摩さまと結びつけたのは兵藤さまではないのかもしれん」

「ま、何処のどなたかは存じませんが、あっしら庶民には関係ないってことですね」

「そういうことだ」

「なんだか虚しいですね」

「ものは考えようだ。高価な薬種が廉価で手に入るという利点を考えればそれでよしということだって割り切れるものだ」

「おや、民部の旦那もそんな風にお考えになるようになりましたか」

繁蔵はからかうかのようだ。

「馬鹿」

民部は口を尖らせる。

「寺坂さまがお聞きになったらどんな顔されるでしょうね」

民部もそれは興味深かった。

その寅之助は水野に呼び出されていた。西ノ丸下にある屋敷の書院で対した水野はいかにも不満そうで、鬱屈した日々を送っていることを窺わせた。

「ご機嫌、麗《うるわ》しくはなさそうですな」

寅之助の言葉に水野は苦笑を浮かべるばかりである。

「当たり前だ」

水野は吐き捨てた。

「原因は兵藤さまですな」

「兵藤は好き勝手やりおる」

「水野さまのお考えとは正反対の様子」

「いかにも、兵藤の政は邪道だ」

水野と兵藤では水と油であろう。

「兵藤は異国との交易を推進しようと図っておる」

「そのようですな」

「おまえ、どう思う。おっと、おまえは政には興味がなかったのだな」

水野は言った。

「まあ、ないですな」

「全く、呑気でよいのう。だがな、兵藤は交易を推進しておるばかりではない。既に交易を行っておる」

「なんと」

寅之助は驚きの声を上げた。

「しかし、いくらなんでも現職の老中ともあろうお方が抜け荷をするなど考えられぬこと」

「そうとばかりは言えぬぞ。この弥生、松平周防守殿が老中職を解かれ、奥羽《おうう》の棚倉へと転封になったであろう」

松平周防守康爵の父康任が仙石騒動と呼ばれる御家騒動に介入し、多額の賄賂を受け取った不正が見つかった科が尾を引いての処置であるが、舅飯塚に言わせると康任には他にも表沙汰にできない悪事に手を染めていたという噂があった。弥生に行われた息子康爵の棚倉への転封はその処罰とも言われている。大きな騒動、醜聞であった。お蔭で寅之助の罪はかすんでしまった。兵藤が老中となったのは松平康任が職を追われてから、その後釜《あとがま》に座ったのである。

それにしても、水野が松平周防守康爵の左遷《させん》の話を持ち出すとはどういうことであろうか。

「周防守殿、仙石騒動で罪を問われての老中職解任であったが、実はそれだけではない。間もなく明らかとなろうが、その真の罪は御禁制の抜け荷」

水野は告げた。

「まことでございますか」

驚きである。

「嘘をついて何になろう。しかもその抜け荷は実に大がかりなものじゃ」

水野によると、抜け荷を実際に担ったのは浜田藩の御用商人である回船問屋会津屋《あいづや》八右衛門《はちえもん》である。八右衛門は浜田沖の竹島《たけしま》に抜け荷の拠点を造り、朝鮮と密貿易をしたり、船団を仕立てて遥《はる》かジャワ、スマトラにまで出かけ、そこで珍しい産物を調達して莫大な富を浜田藩にもたらしたという。

「ジャワ、スマトラ……。それは何処にあるのですか」

「琉球よりも遥か南、ルソンよりも南じゃ」

水野は答えてくれたが、それでもよくわからない。しかし、相当大がかりな抜け荷であったことだけは想像がつく。

「兵藤もそのように大胆な抜け荷をやっていることは想像できる」

「しかとした証があるのですか」

「今、探りを入れておるところだ」

水野はちらっと寅之助を見た。

「わたしにその役目は到底できませんぞ」

寅之助は大いにかぶりを振った。

「ま、そうだろうな」

水野は言った。

「しかし、抜け荷となりますと、遠からず兵藤さまも松平さまの二の舞となるのではございませんか」

「いかにもその通りだが、このままでは兵藤は交易を御公儀においてやるように仕向けてしまうぞ」

「そうなれば、抜け荷が抜け荷とはならないということですか」

「そういうことになるな。あまりにも理不尽だ。それに、兵藤は異国かぶれじゃ。異国に傾倒しておる」

「大番にも西洋の剣術を持ち込もうとなさっておられるとか」

「馬鹿げておる。大和魂というものが失われてしまうぞ。このまま兵藤に牛耳《ぎゅうじ》らせておいてなるものか」

水野は激するあまり、拳で畳を叩いた。その姿は滑稽《こっけい》だが、笑うわけにはいかない。わざと厳《いか》めしい顔を造った。水野は怒りが収まらないのか、うんうんと唸り声を上げる。一体どうするというのか。

「このままでは、わしも追い詰められるだろう」

「兵藤さまは水野さまに対し、何事か謀《はかりごと》でも仕掛けてくるとおっしゃるのですか」

寅之助は言った。

「間違いない」

水野は疑い深い顔をした。

四

その日、寅之助は瀬尾道場に出かけた。なんとなくむしゃくしゃした気持ちを抱いているものの、やはり道場に来てみるとそんな気分も紛れ、いい気分に浸れる。

稽古の合間に瀬尾と西洋剣術についての話になった。

「寺坂殿は西洋の剣術をいかに思われる」

「日本人には向かないと思いますな」

「御公儀では採用なさる動きがあると聞き及びますが」

「そうはならんでしょう」

そう答えたものの確信があるわけではない。しかしまさか、兵藤が進める異国との交易、西洋の文物を取り入れる動きには単純にはならないだろう。

ふと、民部の姿が目に入った。民部はいつになく気合十分だ。そこへ山岡が、

「青山、ここのところやたらと張り切っておるではないか」

「はあ」

民部は戸惑い気味に答える。

「よし、手合わせをしてやろう」

山岡が言うと周囲の門人たちはからかいの言葉を投げてくる。民部は顔を真っ赤にした。

すると、からかいの声が益々大きくなる。

民部は耳まで真っ赤になりながらもぐっと双眸《そうぼう》に光をたたえ、

「やりましょう」

と、応じた。

門人たちの間から歓声が上がった。寅之助も民部の成長に好奇心が募る。

「よおし」

山岡は木刀を手に道場の真ん中に立った。民部も向かい合わせに立つ。山岡は八双、民部は正眼《せいがん》に構えた。

「いざ」

山岡は余裕たっぷりである。

民部は真剣そのものだ。以前にはやたらと肩に力が入っていたのだが、今日の民部は落ち着いた雰囲気を漂わせてもいた。

二人はしばらくお互いの動きを見定めた。

最早、門人から民部をからかう言葉は聞かれない。

やがて、民部がすり足で山岡に攻め込んだ。山岡は八双から木刀を繰り出し、民部の眼前に切っ先を突き付ける。

民部は躊躇《ためら》うことなく山岡の木刀を横に払った。

鋭い音が響くと同時に、山岡は木刀を下段からすり上げる。

民部は山岡の動きを見切り、素早く木刀を引いた。山岡の木刀は空を切った。

山岡の目に驚きと焦りの色が浮かぶ。

思いもかけない民部の動きに翻弄《ほんろう》されたようだ。

民部は落ち着いている。再び正眼に構え、身動きもしないで山岡を迎え入れようとしていた。

山岡は突きを繰り出した。

民部は山岡が向かって来るより速く前に出て、山岡の懐に飛び込んだ。

そして、

「てえい！」

鋭い気合と共に山岡の籠手目がけて木刀を振り下ろした。

山岡の木刀が板敷を転がる音が静寂を切り裂いた。

民部の顔から笑みがこぼれた。門人たちは静まり返っている。

「勝負あり」

寅之助が大声で告げる。

山岡が、

「見事」

と、惜しみなく賞賛を贈った。門人たちからも民部を誉めたたえる言葉が溢れた。

「青山、何時《いっ》の間に研鑽《けんさん》を積んだのだ」

山岡が問いかけると民部は思わず寅之助に視線を向けてきた。寅之助はあわてて視線を逸らす。

「まあ、それなりに」

「いや、見違えるようじゃ。太刀筋の正確さと速さには舌を巻いたぞ。あれは、生半可にできるものではない」

山岡の賞賛は続いた。

稽古の後、寅之助は民部と共に縄暖簾を潜った。今日は呑ませてやりたい。民部も素直に応じてくれた。

「山岡が驚いていたが、おれも正直驚いた」

「寺坂さまのお蔭です」

「おれのお蔭なんぞであるものか、おまえが懸命に稽古したからこその成果だ。よくやった。おれも鼻を高くしたかったが、瀬尾殿の手前、そんなわけにはいかんがな」

「秘密めいたこと、お詫び致します」

民部はぺこりと頭を下げた。

二人はしばし酒を酌み交わしてから民部が言った。

「兵藤さま出入りの薬種問屋武蔵屋につき、面白い話がございます」

と、武蔵屋を訪問し新潟湊で薩摩船から薬種を安値で仕入れていることを話した。

寅之助は、

「それは妙だな」

「寺坂さまもそう思われますか」

民部は薩摩が御台所寔子の実家であることから、兵藤とは反目し合うはずだという疑問を口に出した。

「確かに引っかかるな」

寅之助も首を捻る。

「一体、どういうことなのでしょう」

「何だか臭うな。兵藤さまは交易を進めようとしておられる。そして、既に抜け荷に手を染めておられる」

「なんと」

民部は驚きのあまり絶句した。

「これはおれの想像だが、兵藤さまは御台所さまの御実家薩摩に対抗する気なのだ。薩摩が琉球を通じて抜け荷をしていることは公然の秘密。よって、そこには、必ずや、何かがあるということでしょうか」

「武蔵屋を使って何かを企んでいるということでしょうか」

「そう考えるのが妥当《だとう》だろうな」

寅之助は話をしてみて次第に自分の考えが固まってゆくのがわかった。

「寺坂さま、このまま見過ごされますか」

「雲の上の争い事、政には興味がないと以前のおれなら笑い飛ばしたところだが、今ではそんな気にはなれんな」

寅之助は言った。

「やはり、兵藤さまに危うさを感じられますか」

「感ずるな。あの冷酷さは水野さまとは違う。それは、情け容赦なく人を利用し尽くすものだ。そうした人間が政を行ったとてよい世の中になるとは思えん」

「ならば、いかがされますか」

「そうだな」

じっくり考えるべきだ。軽挙妄動《けいきょもうどう》は慎むべきである。

「まずは酒だ」

寅之助は努めて陽気に言った。

第八章　最後の決戦

一

民部は繁蔵と共に町廻りに出ていた。両国西広小路の賑わいを歩いていても気にかかるのは武蔵屋五兵衛のことである。

「青山の旦那、寺坂さまは武蔵屋の薬入手の道筋を薩摩に非《あら》ずとお考えなんですね」

「そうなんだ」

「じゃあ、薬種は何処から仕入れているんです。やっぱり抜け荷ってことですか」

「そういうことになるな」

民部はそれを突きとめようと思っている。

「武蔵屋を付け回していていいんですかね」

繁蔵が危ぶんだ。

民部の顔も曇る。それは、このところ起きている女の身投げについてである。

「気が狂《ふ》れて、自ら大川に飛び込んだ娘たちのことか」

「そうですよ。上から言われているでしょう」

繁蔵の方が焦っている。

これまでに女が六人、大川に飛び込んで命を落とした。当初民部は担当を外されていたが、大野菊之丞の一件で見直され、被害者が増える一方であることもあって探索へと振り向けられたのだ。

と、両国の雑踏の中で人の波が大きく揺れた。

「どうした」

繁蔵が周囲を見回す。

「また、飛び込みですよ」

男は民部を八丁堀同心とみて早く現場に駆けつけてくれと嘆願《たんがん》した。こうなると放ってはおけない。民部は繁蔵を伴い、両国橋へと走った。

大川の川端に女の亡骸が引き上げられた。既に溺死《できし》している。目撃者の話を聞くと、女は異常な叫び声を上げながら両国橋を走り、欄干《らんかん》を飛び越えて川に身を投じたのだそうだ。

その女の身元はすぐにわかった。矢場《やば》の女でお久美《くみ》というそうだ。そこへ、年老いた女と若い娘が駆け寄ってきた。亡骸を見るなり、「お久美」「姉ちゃん」とすがりつき、号泣しだした。お久美の身内であろう。もしかしたら、お久美が矢場の稼ぎで、家族を養っていたのかもしれない。そんなところに、奇妙な話が飛び込んできた。お久美はその日、両国の万病屋《まんびょうや》という近頃評判の薬屋に通っているのが目撃されていた。その万病屋からいきなり飛び出したのだった。

「行ってみますか」

繁蔵が言う。

「当たってみるしかあるまい」

民部は万病屋へと向かった。万病屋は両国西広小路の表通りから横町を入り、そのどんつきにあった。

こぢんまりとした店だ。

暖簾が地べたまで垂れさがり、いかにも怪しげな雰囲気を醸《かも》し出していた。

「この店、ご存知ですか。何でも万病に効くって薬を売っているそうなんですがね、その実は……」

繁蔵の顔に下卑た笑みが浮かんだ。暖簾越しに漢方薬の臭いが漂ってくる。鼻先を蠢《うごめ》かしながら小首を傾げた。

「おわかりになりませんか」

「普通の薬屋のようだが」

「薬屋は薬屋ですがね、それはもっぱらあっちの方に効き目がある薬なんですよ」

「あっちって」

民部は言ってから気づき苦笑を漏らした。

「つまり、何が元気になるだの、気持ちがよくなるだのって、そっちの方が中心の店でしてね」

「いかがわしいな」

民部はいやが上にも不快感が込み上げてきた。

「ともかく、中に入ろう」

暖簾を潜り店の中に入った。薄暗い店内には小上がりに帳場机が一つ。そこには誰もいない。簞笥《たんす》がいくつか並んでいるだけだ。繁蔵が、

「御免よ」

と、奥に向かって声をかける。返事はない。

「おい」

繁蔵が声を上げるとようやくのことで奥の暖簾が揺れ、初老のなんとも陰気な男が姿を現した。

八丁堀同心と岡っ引という二人連れを見るなり主人は、

「うちは、旦那方の手入れを受けるような薬は扱ってはいませんぜ」

いきなり警戒心を剝き出しにした。

「そうじゃねえよ」

繁蔵はやんわりと言ったが、主人はうちは風邪薬を扱っているに過ぎないと主張してやまない。主人は峰太郎《みねたろう》と名乗った。

「そうじゃない。すぐこの前に女がやって来ただろう」

民部が横から問いかけた。

「は、はい」

峰太郎はきょとんとなった。

「この店に来た時、何かおかしなことはなかったか」

「別にそ、そのようなことは」

「おい、恍《とぼ》けるんじゃねえぞ」

繁蔵が迫る。

峰太郎は激しく動揺した。

「薬を買ったのか、買わなかったのか」

「か、買いました」

「どんな薬だ」

繁蔵が畳みかける。

「そ、それは」

峰太郎はくるりと背中を向けた。その瞬間、民部が上がり込み、峰太郎は
「待て」

繁蔵は飛びかかった。主人はもんどり打って板敷を転がった。民部が上がり込み、峰太郎は簞笥の抽斗《ひきだし》を開ける。繁蔵が峰太郎にどの薬だと脅すようにして問い質《ただ》す。峰太郎は顔を歪ませながら右の簞笥の一番上の抽斗を指差した。民部は抽斗を開ける。そこには紙に包まれた薬があった。開けると黒い塊《かたまり》がある。

「なんでい、あれは」

繁蔵が訊いた。

「薬でございます」

主人は震える声で答えた。

「阿片《あへん》だ」

民部は言った。

「阿片……。てめえ、阿片じゃねえか」

繁蔵は怒り狂った。峰太郎は申し訳ございませんと平謝りに謝る。

「何処で手に入れた」

民部が問うた。

「それは……」

この期に及んでも峰太郎は言い淀《よど》んでいる。

「口を割らねえか」

繁蔵は腰の十手を抜いて峰太郎の目の前にちらつかせた。

「む、武蔵屋さんの手代から」

峰太郎は答えるやうなだれた。

「武蔵屋……」

民部は呟くと繁蔵と顔を見合わせた。

「詳しい話は番屋で聞くぜ」

繁蔵が峰太郎に縄を打った。

「あたしゃ、知りませんよ。ただ、面白い薬があるって聞いただけなんですから。こういういかがわしい薬を売るのが商売ですからね。それで、中味なんて知らねえで買ったんです。ですから、それを売ったら儲かるからってただそれだけで売っていたんですよ。ですから、あたしは詳しいことを知らないんで」

尚《なお》も主人は言い訳を並べ立てたが、民部と繁蔵は主人を引き立てた。

その後、峰太郎が阿片を買ったのは武蔵屋の手代で要吉《ようきち》という男からだとわかった。早速武蔵屋を訪ねる。

店先に五兵衛が出て来た。

「これは、青山さまでしたな」

五兵衛は余裕綽々《しゃくしゃく》である。

「武蔵屋では阿片を扱っておるのか」

いきなり民部は斬り込んだ。

「何を仰せになりますか」

不意討ちを食らったせいか五兵衛も言葉を失った。いつも得意げな五兵衛に一泡吹かせたようで多少溜飲《りゅういん》は下がったが、そんなことで喜んでいても仕方がない。

「まさか、そのようなことあるはずもございません」

五兵衛は落ち着きを取り戻した。

「実際、阿片によって女が命を落としておる」

民部はきつい目をした。

「うちでは、阿片など扱っておりません」

五兵衛は険のある目で返す。さらには、

「どうしてもお疑いなら、うちの店の手入れをなさってはどうですか」

「要吉という手代がおろう」

ここで五兵衛の目が揺れた。

「要吉を出しておくんなさいよ」

繁蔵が迫る。

「要吉なら首にしましたよ。三日前のことでございます」

五兵衛はいかにも不愉快そうに顔を歪めた。

「どうしてだ」

民部の胸に暗雲が立ち込めた。嫌な予感がする。

「店の金に手をつけましたのでな」

五兵衛は蔑みの笑みを漏らした。

「要吉が手をつけたのは店の金ばかりではなく、薬種や阿片なども含まれておったのではないか」

「青山さま、何度も申します。うちは阿片など絶対に扱ってはおりません」

五兵衛はきっぱりと言い切った。

二

「さあ、無用な詮索は御無用に願いまして、これにて失礼申し上げます」

五兵衛は憎々しげな表情を浮かべながら一方的に話を打ち切ると、さっさと店の中に入って行った。

民部と繁蔵はほぞを嚙んでそれを見送るしかなかった。

寅之助も武蔵屋にやって来た。

すると、民部と繁蔵が立っている。その姿は悄然《しようぜん》としていて、いかにもわけありそうな雰囲気を醸し出していた。

「おい」

わざと快活に声をかける。二人とも弾かれたように振り向いた。

「なんだ、陰気な顔をして」

「寺坂さま、実はお会いしたかったところでございます」

民部が言うと横で繁蔵は殊勝げに首を縦に振った。

「何だ」

俄然好奇心が疼いた。民部がこれまで立て続けに起きた謎の死について話し、探索の結果、原因は両国西広小路にある万病屋といういかがわしい薬屋で売っていた阿片にあることがわかり、

「しかも、万病屋に阿片を提供していたのは武蔵屋の手代要吉であるとの証言を得たのです」

「ほう、それで、武蔵屋は何と言っているんだ」

寅之助は胸が昂った。

「それが、要吉は店の金に手をつけたとかで首にした。武蔵屋は断じて阿片など扱っていないと」

民部が言うと繁蔵も相当に怒っている様子である。

「それで、おまえは武蔵屋が臭いと思っているんだな」

寅之助は訊くまでもないことと思いつつもそう質問した。

「わたしは武蔵屋が阿片を仕入れたのだと思います」

「わけを聞こうか」

「薬種です。法外に安い薬種の仕入れ筋、それが薩摩船というのは怪しい、となったら、兵藤さまがおそらくは行っておられる抜け荷において手に入れたと考えるのが妥当ではないでしょうか」

「一理ありそうだな」

寅之助は繁蔵を見た。繁蔵もここぞとばかりに首を縦に振る。

「ところで、どうして寺坂さまはこちらにいらっしゃったのですか」

民部の問いかけに、

「なんとなくもやもやしてな……。兵藤さまと武蔵屋が何を企んでいるのか気になって仕方がなくなった」

すると、繁蔵がくすりと笑った。

「どうしたんだ」

「いえ……。すみません、寺坂さま、すっかり探索に味をしめられたと思いましてね」

寅之助は繁蔵の言葉を否定しなかった。

という次第で五兵衛の動きを見張ることになった。

奉行所では総出で武蔵屋を首になった要吉の行方《ゆくえ》を追っている。そのことが、武蔵屋に揺さぶりをかけることになるだろう。

五兵衛はこのところ連妙寺を参詣に訪れていることがわかった。

そこで、連妙寺に探りを入れることになった。が、その前に大川にぽっかりと男の亡骸が浮かび上がった。その男は他ならぬ武蔵屋の手代要吉であることが判明した。

要吉は刃物で心の臓を一突きにされ、両国橋から突き落とされたようだ。

当然ながら武蔵屋五兵衛は沈黙を守っている。民部の追及に対しても知らぬ、存ぜぬ、の一点張りだ。万病屋の主人は阿片の入手先としてあくまで要吉としか言わなかったし、武蔵屋が店ぐるみで行っているという証もない以上、これ以上の追及はできない。

「これで、ぷっつりですかね」

繁蔵は筵《むしろ》に覆われた要吉の亡骸に視線を落としながら無念そうに唇を噛んだ。

「まったくだ」

民部も応じたところで寅之助がやって来た。寅之助は千鳥十文字の鑓で筵を捲り上げた。それから屈み込む。

「凶器は何だ」

寅之助が訊くと、

「さて、刃物には違いないんですがね」

繁蔵は要吉の亡骸の着物の胸をはだけた。そこには心の臓辺りに小さな穴が開いている。民部も寅之助の横でしげしげと見ながらどんな凶器なのか見当もつかないと言った。

「サーベルだ」

寅之助はあたりをつけた。

「サーベルっていいやすと」

繁蔵には全くわからないようだ。

「西洋の刀だ。先が鋭《するど》く尖っておってな、もっぱら、突いて、突いて、突きまくって相手を倒す」

寅之助が言うと繁蔵は到底理解できないとばかりに首を捻った。

民部が、

「それでは、兵藤さまが推進しておられる西洋の剣術の遣い手ということですか」

「おそらくはな」

「では、下手人は兵藤さまの意向を汲んで要吉を殺したことになります」

「こりゃ、口封じってことですね」

繁蔵も即座に反応した。

「武蔵屋が兵藤に泣きついたんだろう」

寅之助は断じた。おそらくはその推論に間違いはないと思う。

「相手が悪過ぎますぜ」

繁蔵は及び腰となった。

「このままにできるか。兵藤さまと武蔵屋のために何人の命が失われたと思っているのだ」

民部らしい純粋さだ。

「でもね、相手は老中ですよ」

繁蔵は言った。

「老中だから、何をしてもいいことにはならん」

民部は正義感をかき立てられたようだ。

「そうだ」

寅之助もすかさず賛同する。賛同したが、これからどうすればいいのやら。

「寺坂さま、わたしと一緒に兵藤さまと武蔵屋に罪を償わせましょう」

民部は決意をみなぎらせた。

「むろん、おれもそのつもりだ」

寅之助も請け負った。

「そんな」

繁蔵は顔をしかめた。

「ならば、これから行くか」

寅之助はまるで飲みに行くような気軽さで言った。それに反応したのは繁蔵である。

「何処へ行くんです。武蔵屋ですか。武蔵屋なんかに行ってもけんもほろろな扱いを受けるだけですよ」

繁蔵も言葉とは裏腹に賛成するようだ。しかし、実際のところ無為無策《むいむさく》であの武蔵屋五兵衛を訪ねたところで得られるものはない。

「武蔵屋じゃない」

寅之助が言うと二人とも安堵の表情を浮かべた。が、それも束の間のことで、じきに寅之助の言葉が二人を恐怖のどん底へと叩き込んだ。

「兵藤美作守の屋敷だ」

「まさか、ご冗談ですよね」

繁蔵はおずおずと尋ねはしたが、寅之助が決して冗談を言うような男ではないことを熟知しているようで、それ以上は訊くだけ無駄だと思ったようだ。民部は驚いた様子であったが、

「寺坂さま、わたしも御一緒申し上げます」

「いいだろう、と言いたいところだが、ここはおれが一人でやる」

「そんな無茶な」

繁蔵は及び腰である。

「ああ、無茶だ。おれは無茶だぞ」

寅之助は愉快そうに顎鬚を手でしごいた。

「わたしもその無茶、ちゃんとついて行きたいと思います。弟子が先生に付き従うの

は当然です」

「おまえは妙なところで義理堅いな。そんなことで義理を尽くす必要がどこにあるというのだ」

「そうですよ」

繁蔵が横から口を挟んだ。

「繁蔵の言う通りだ」

寅之助は繁蔵に笑みを投げた。実際、ここは自分だけで決着をつけたい。現職の老中である者の屋敷に乗り込むことなど無謀以外の何物でもない。民部は将来がある身だ。

「おまえ、確か、母一人子一人と申したな」

「はい」

「おれと一緒だ。だがな、おれは一度はこの首、もう、繋がっておらんと覚悟した男だぞ。覚悟はできている。それにな、この鑓だ」

寅之助は二度、三度と天に向かってしごいた。陽光を受け、穂先が鋭い輝きを放った。民部も繁蔵も気圧《けお》されたように見入った。

「これはな、わが先祖が大坂の陣の折、神君家康公から下賜された鑓だ。この鑓はな、天下を乱す悪人どもを退治するために与えられた鑓。今こそ、この鑓で鑓働きをする時なのだ」

寅之助が言うと、民部は片膝をついた。あわてて繁蔵は平伏する。まるで、神君家康が眼前に現れたかのような神々しい空気が漂った。

「だから、おれはこの鑓でひと暴れをすれば本望だ」

「ですからわたしも」

民部は立ち上がった。

「ならん!」

寅之助はきつい言葉を投げかけた。それは民部に反論の余地を与えないすさまじいものだった。

三

その晩、寅之助はそっと身支度をした。民部の探索により、今宵《こよい》、向島《むこうじま》にある兵藤の下屋敷で宴《うたげ》が催されることがわかった。そこには武蔵屋五兵衛も呼ばれているそうだ。

下屋敷ならば、上屋敷に比べれば警護は遥かに手薄である。それに、兵藤の下屋敷は向島の三囲稲荷《みめぐりいなり》の裏手にあり、周囲にはこれといった屋敷もなく田畑が広がるのみだ。騒動を起こしても周囲に迷惑はかからない。

寅之助は鐙を持ち、静かに出て行こうとしたが、

「こんな夜更けに何処へ行くのですか」

と、千代に呼び止められた。

「ちと、悪党退治に行ってまいります」

それはあまりに呑気な口調で、とても真実を伝えているようには受け取れるものではない。

「何処の悪党でしょうね」

千代は呆れたように苦笑を浮かべた。

「さて、天下の大悪党でござるよ」

寅之助は言うと鼻歌を歌いながら屋敷を出た。

民部は夕餉を食し終え、

「母上、肩をおもみしましょう」

と、美紀に声をかけた。

「そんな気を遣うことなんかありませんよ。それよりも明日は朝早いのでしょう」

美紀のこの言葉で手が止まってしまった。美紀は民部の異常に気がついたのか、

「どうしたのですか」

と、心配そうな顔になった。

「いえ、申し遅れましたが、今夜宿直なのです」

「まあ、そうですか。では、民部殿、くれぐれも気をつけて。では、これで」

「もう少し、大丈夫です」

民部は肩をもみ続けた。美紀は目を細めた。つくづく、母の老いを感じた。つい、この母を一人残したことを考えてしまう。美紀が一人になったら……。

いや、それどころではない。

自分が罪人になるかもしれないのだ。罪人の母、ましてや八丁堀同心が老中の屋敷に押し入るという前代未聞の不祥事を引き起こしたなら、自分の命は元より青山家も無事ではすまない。天下の大罪人の汚名を着る。これ以上の親不孝があろうか。

「どうしたのですか」

美紀は民部の沈黙に危ういものを感じたようだ。母に心配をかけてはいけない。そ

んな思いが脳裏を駆け巡る。しかし、寅之助の恩には報いなければ。

相手は老中という幕府の最高権力者、本来なら天下安寧《あんねい》のために政をせねばならない、庶民を慈しまねばならない立場にあるのだ。殺されたのは要吉一人としても、阿片で犠牲になった者たちは六人を超えている。兵藤の政によって死んでいったのだ。この世に殺されていい人間などいるはずはない。老中だからといって、罪を償わなくていいものではない。それでは、これまで十手御用を務めてきたことが何だったのだということになる。

——すみません、親不孝をお許しください——

民部は内心で母親に詫びると心を込めて肩をもんだ。美紀は再び目を細め、気持ちいいと礼を言ってくれた。その姿を心に刻むと屋敷から外に出た。

すると、

「ごきげんよう」

なんと志乃が向こうから歩いて来る。その姿を見ただけでどきっとなり、燃え盛った闘争心がしぼみそうになる。

「これから、お出かけですか」

志乃が挨拶代わりなのだろう、問うてきた。

「はい、宿直なのです」

そう反射的に答えた。すると志乃は小首を傾げて、

「宿直は父ではないのですか」

「あ、いや、その……」

ついつい口ごもってしまう。背後で見送りに出て来た美紀が訝しんでいるのがわかる。

「いえ、わたしもなのです。このところ、駆け込み訴えが多いものですから」

「それはお疲れさまです」

幸い志乃は疑うこともなく通り過ぎた。美紀も行ってらっしゃいと送り出してくれた。

「よし、行くぞ」

民部は己に気合を入れた。

寅之助は向島の兵藤家下屋敷に向かうべく夕暮れの墨堤《ぼくてい》を急いだ。夕闇が濃くなった墨堤は桜の名所であるが、花弁《はなびら》は散り去り、今は緑の枝を夕風にそよがせている。

それはいかにも寂しげな風情となって寅之助の前に現れていた。

と、一本の桜の木の陰からぬっと一人の男が寅之助の行く手に現れた。

「お供させて頂きます」

民部である。

寅之助は立ち止まりしげしげと民部を見やった。その思いつめたような眼差しはいかなる拒絶も無駄のようだ。武士が、いや、男がそこまで決意しているのをむげにはできない。

「ついてまいれ」

寅之助の言葉に民部の顔から一瞬笑みがこぼれたが、それもほんの束の間のことで、じきに表情が引き締まった。

寅之助は堤のど真ん中を、民部はその斜め後ろに付き従い、歩いて行った。

二人が歩き出すといつしか日が落ち、遠く灯りが散在して幻想的な雰囲気を醸し出し、これから待ち構えているであろう、血腥《なまぐさ》い闘争は想像できなかった。

二人は下屋敷の門前にやって来た。

門前からでも庭での宴の様子がわかる。

「いかがしますか」

民部の問いかけに、

「まずは偵察だ」

寅之助は築地塀をよじ上った。民部も続く。塀の上から見下ろすと屋敷内には篝火《かがりび》が赤々と焚《た》かれ、様子見にはもってこいだ。幔幕《まんまく》が巡らされ、舞台がしつらえてある。そこでは華麗《かれい》な衣装をまとった娘たちによる舞踊が行われていた。

舞台の前には桟敷《さじき》が設けてあり、兵藤がどっかと座している。その兵藤の周りには艶《あで》やかな打掛に身を包んだ女たちが彩りを添えていた。歌舞音曲《かぶおんぎょく》と女たちの嬌声《きょうせい》が溶け合い、春の夜を賑やかに染めていた。

そして、その傍らには珍しい物産が集まっている。

「西洋の文物でございますね」

民部が言った。

「抜け荷品であろう」

ガラス細工の酒器、見たこともない鮮やかな文様の皿、分厚い敷物が並べられ、それらの文物を武蔵屋五兵衛が仕切っていた。

桟敷席の真ん中には兵藤がどっかと腰を据え、上機嫌で舞台を見やっていた。

「どうしますか」

「正々堂々渡り合うさ」

寅之助は塀から飛び降りた。民部とて黙っているわけにはいかない。

寅之助が庭に下り立つと、たちまちにして十人を超える警護の侍が松明《たいまつ》を手に殺到してくる。

「邪魔だ！」

寅之助は鐺を振り回した。たちまちにして敵は退いた。

すると、

「何事じゃ」

という兵藤の声がかかった。

「寺坂寅之助見参！」

寅之助は大きな声で告げた。

「青山民部まかりこした」

民部も負けてはいない。

侍たちが遠巻きに見守る中、兵藤がやって来た。

「寺坂、今日は鐺の指南にでもまいったか。あいにく、鐺は間に合っておるがのう」

兵藤は冷笑を浮かべた。

「あいにく、兵藤さまに御指南する鑓、武芸はござらん」

「なんじゃと」

兵藤の顔が邪悪に歪む。そこへ武蔵屋五兵衛も歩いて来た。

「悪党、揃い踏みか」

寅之助は昂る気持ちを抑えたものの、全身は武者震いをした。

「おまえのような時代遅れの者どもがこの国を誤らせるのだ」

兵藤は傲然《ごうぜん》と言い放った。

「政のことはわからん。だがな、どのような政であれ、人を虫けらのように殺す為政者など許されん」

寅之助はふつふつと湧き上がる怒りに身を焦がした。

「貴様のような猪《いのしし》武者ばかりでは、夷狄には勝てぬ。これからは、異国の文物を取り入れ夷狄に対抗できるようにせねばならぬ」

「異国の文物を取り入れるのはよいが、阿片などという亡国の薬まで取り入れるとは何事だ」

寅之助は眦《まなじり》を決した。

「異国と交易を行うには清濁併せ呑まねばならんのだ」

兵藤は悪びれることもなく答えた。

「物は言いようだな。阿片は何処から手に入れた」

兵藤は一瞬口をつぐんだがニヤリと顔を歪め、

「エゲレス船だ。エゲレスは印度《いんど》から様々な文物を仕入れる。エゲレスはのう、今や世界中の海に進出し、交易で国を富ませておる。日本よりも小さな島国ながら、今や世界で最も富んだ国だ。公儀としてエゲレスとの交易を行うことは日本を強くすることになるのだ。そのためには、多少の犠牲はやむを得ぬ」

「阿片中毒の者だらけになってもか」

「これ以上話をしても無駄だな」

兵藤が言ったところで、どやどやと侍たちが殺到した。

みな、手にサーベルを持っている。

「面白い、やってやろう」

寅之助は勇み立った。

寅之助は鐺を右手に持ち、ぶるんと振り回した。侍たちは遠巻きに見ている。民部は十手ではなく大刀を抜き放った。

四

「かかれ」

兵藤の命令で侍たちがサーベルを構え寅之助に迫った。しかし、車輪の如き鐺によって阻まれ近づくことができない。それでも兵藤に叱咤され、四人が前後左右から突っ込んで来た。

「おう！」

寅之助は雄叫びを上げ石突で右後ろの敵の胸を突く。敵は三間余り吹っ飛んだ。間髪容れず、今度は左前から迫る敵の胸を突いた。

敵は串刺《くし》しとなり、口から血を吐き出す。寅之助はさっと鐺を引き、右の敵の頬を柄で殴りつけた。敵の顔面から鈍い音が発せられた。頬骨が陥没したようだ。

残る左の敵は呆然と立ち尽くし、寅之助に睨まれただけで逃げ去った。

その間、民部は二人の敵を相手に大刀を振るった。サーベルの動きを見定め突きが繰り出されるのを待ち、上段からサーベルを叩き落とす。

兵藤は猛《たけ》り狂った。寅之助の鐺に為す術《すべ》のないサーベル侍に業《ごう》を煮やし、つぎ込んだのはゲベール銃を手にした十人の侍である。

鉄砲組の出現に民部は唖然《あぜん》とした。寅之助が、

「こっちへ参れ」

と、民部を手招きした。

民部は抜刀したまま寅之助の傍らに駆け寄った。劣勢から立ち直ったサーベル組が攻勢に転じようとした。

「寝転がれ」

寅之助は民部に怒鳴ると同時に足払いを食らわせた。民部はもんどり打って地べたを転がった。

寅之助はサーベル組の機先を制し、突進した。慌てて後退しようとするサーベル組に鐺を突き出す。

胸を貫かれた敵の悲鳴が夜空に響くやゲベール銃が火を吹いた。

「どうりゃあ！」

寅之助は串刺しにした敵を鉄砲組に向かって放り投げた。民部のすぐ側に着弾し、

民部は悲鳴と共に身体を丸めた。次いで、亡骸が鉄砲組に落下し、隊列が乱れた。

寅之助の鑓働きは凄まじい。サーベル組の真っただ中に躍り込み、石突で突きまくる。

鉄砲組はサーベル組が邪魔をして寅之助を狙えない。それどころか、寅之助の鑓に追い立てられた者たちが逃げ込んで来て、算を乱した。

寅之助はサーベル組と共に鉄砲組に駆け込むや阿修羅《あしゅら》の如く鑓を振るう。まさしく、戦国の豪傑真柄十郎左衛門、加藤清正もかくやという暴れ振りだ。

鮮血が飛び散り、骨が砕かれる音、悲鳴が飛び交う戦場と化した。

民部もこの機を逃すことなく斬り込んだ。

鉄砲組に弾込めや狙いを定める余裕はない。みな、恐慌をきたし、ほうほうの体で逃げ去った。

寅之助のために配下を失った兵藤は呆然と立ち尽くした。それでも強気の姿勢を崩すことなく、

「貴様、小普請組の分際で老中たるわしの屋敷に押し入っての乱暴狼藉《ろうぜき》、ただで済むと思うてか」

と、傲然と言い放った。

「たとえ老中だろうが、この世の悪党を退治するのがわが家の家訓。そして、神君家康公より賜りしこの鐚の本分だ」

寅之助は夜空に向かって鐚をしごいた。

「出て行け、追って沙汰する」

兵藤が踵を返した時、

「御用だ！」

と、大きな声が轟《とどろ》き渡った。次いで、無数の御用提灯の群れが屋敷に雪崩《なだ》れ込んで来た。兵藤が目を剝いたところで水野が現れた。陣笠、火事羽織、野袴、今夜の水野は捕物の陣頭に立っていた。

「上意」

水野は、「上」と記された書状を示した。悄然とする兵藤に、

「兵藤美作守、抜け荷の罪により捕縛する」

兵藤が反論する間もなく、水野は捕方に命じ屋敷内にある抜け荷品の没収と武蔵屋五兵衛を捕縛した。

「武士の情け、貴殿には縄は打たぬ。潔《いさぎよ》く、同道されよ」

水野は兵藤に声をかけた。兵藤は引き攣《つ》った笑みを浮かべ水野が用意した駕籠に乗

り込んだ。大名が乗る網代駕籠ではなく、唯の町駕籠だった。

「ご苦労であった。後日、褒美を取らす」

水野から声をかけられてもうれしくはなかった。

「どうして、ここに」

疑問を投げかけると水野は答えず立ち去った。寅之助と民部が取り残された。

「これで、よかったのでしょうか」

民部は複雑な表情を浮かべている。

「あとは雲の上の世界で決着がつくさ」

寅之助の胸にも散々に暴れ回ったことの爽快感《そうかい》と、何だか割り切れない思いが複雑に渦巻いていた。

「それにしましても、寺坂さまの鑓働き、見事の一言です」

「少しばかり派手にやり過ぎたか」

「実に大したものです。あれほどの奮戦にもかかわらず返り血を一滴も浴びておられません」

篝火に照らされた寅之助の小袖は皺《しわ》と泥にまみれているが、なるほど血痕《けっこん》はない。三間の鑓が功を奏したのはもちろんだが、それは寅之助の類稀《たぐいまれ》なる鑓捌きを物語っていた。

「さあ、飲みに行くか」

「はい」

師弟揃って夜道を歩み出そうとした時、一人の男が立ちはだかった。

赤塚木右衛門である。

今夜は托鉢僧姿ではなく、腰に大小を帯びた武家の装いだ。

「おまえ、兵藤さまに寝返った気がしたが……そうではないのか」

寅之助は不快感に胸を焦がされた。

「権力者を見定めるのは当然だ。今は水野さまのお味方。今夜のことを水野さまに御注進したのはおれだ」

赤塚はぬけぬけと言った。

「ということは、やはり、一旦は兵藤さまに寝返ったということか」

「そうだ。だが、このことは水野さまに知られたくない。水野さまに権力が定まったからには、あの方に従うしかない。水野さまは猜疑心《さいぎしん》の強いお方、一時でもおれが裏切ったと知れれば、お許しにはならん。よって、お前たちを生かしてはおけん」

「おまえなんぞにおれが殺せるものか」

寅之助は冷笑を投げた。横で民部が緊張の面差しとなっている。

「どうかな」

赤塚は薄笑いを浮かべるや懐中から黒い塊を取り出した。

短筒《たんづつ》である。

「鑓を捨てろ。じゃないとこいつを殺す」

短筒の先が民部に向けられた。蛇《へび》の頭のような筒先が篝火に怪しく光り、今にも弾丸が飛び出て民部をあの世へと送りそうだ。

寅之助は千鳥十文字の鑓をそっと地べたに置いた。

「よし、それでいい。では、どちらから冥途《めいど》に送ってやるか」

赤塚は筒先を左右に揺らした。

と、次の瞬間、民部は腰の十手に手を伸ばし摑むや赤塚に向かって投げつけた。同時に短筒が轟音を響かせた。

十手は赤塚の身体に当たり地べたに転がる。赤塚の身体がよろめいた。

咄嗟に寅之助は転がりながら十手を摑む。

だが、赤塚は落ち着いた動きで銃口を寅之助に向けた。

「撃ってみよ」

叫ぶや寅之助は十手を銃口に突っ込んだ。引き鉄《がね》が引かれた。

短筒が暴発した。

「死ね！」

寅之助は左手で大刀を抜き、一閃させた。

夜空に赤塚の生首が舞い上がった。

「民部、ようやった」

寅之助の賞賛に民部は言葉を返せなかった。


卯月の十日の朝、どんよりと曇った空が広がっている。梅雨《つゆ》入りしてから数日経つ。連日の雨にうんざりしていたところだけに、たとえ曇天《どんてん》でもありがたい。

寅之助は雨が降らない内に瀬尾道場へ行こうと身支度を終えた。そこへ、飯塚宗十郎の娘百合が訪ねて来た。百合は姉寿美の位牌に好物であった人形焼を供え、居間で寅之助と語らった。

「父が申しておりました。今回の兵藤さまの一件でございます」

飯塚から聞いたと、水野越前守忠邦による兵藤美作守成由捕縛について語り始めた。

水野はかねてより兵藤による抜け荷を疑い、探りを入れていたという。兵藤は御用商人武蔵屋にイギリス船との抜け荷を行わせていた。武蔵屋五兵衛は抜け荷によって莫大な富を得た。

少し前に行われた浜田藩主老中首座であった松平周防守康任が御用商人会津屋八右衛門にやらせた抜け荷にも匹敵する大がかりなものだったという。

「それはもう大そうな抜け荷で、御公儀は大揺れに揺れておるそうですよ」

百合は首をすくめた。

水野が兵藤との権力争いに勝利したということだ。兵藤は切腹、兵藤家は御家断絶となった。武蔵屋五兵衛は打ち首、武蔵屋は闕所《けっしょ》、連妙寺は近々破却されるという。住職西念は島流しだそうだ。

水野が大勢の捕方を引き連れて兵藤の下屋敷に向かったのは赤塚の寝返りによる。赤塚は何故水野に寝返ったのだろうか。その辺の事情、どうでもいいことだが、気にはなる。

「兵藤さまがいくら抜け荷をやっていたからといって、水野さま自ら捕方を率いて踏み込むような手荒な真似、よくもできたものですな」

寅之助の問いかけに百合は小首を傾げた。その辺の事情は聞いていないのだろう。

「ところで、来年、公方さまは内府さまに将軍職をお譲りになるそうですよ。父が申しておりました。大御所さまになられるとか」

そうか、そういうことか。

内大臣家慶がついに将軍職を継ぐことが正式に決定した。となると水野の立場は俄然強くなった。それだけではない。兵藤がやろうとした抜け荷は御台所寔子の実家薩摩藩島津家の抜け荷と真っ向から対立するものだった。

将軍家斉が隠居することで大奥の勢力図はさぞや変わったことだろう。御台所寔子の力が増し、お雪の方の力は低下した。

こうした勢力の変遷を赤塚は感じとり、水野に寝返ったということだ。

裏事情がわかった気がしたが、わかったからといって気分がいいものではない。それどころか、雲の上の権力闘争に嫌気が差し、以前ならわれ関せずを決め込んでいた自分が、水野に利用されるに及び、多少なりとも憶測を広げることができ、興味を抱いてしまうことを身の汚《けが》れのように恥じ入った。

「父が近々、紫陽花《あじさい》が花を咲かすから見にいらしてくださいと申しておりましたよ」

「紫陽花ですか。舅殿のことです。さぞかし丹誠を込めておられるでしょうな」

「それはもう……。兵藤さまから命じられた西洋の剣術を学ばなくてよくなり、安心して庭仕事をしています」

百合はおかしそうに笑った。

寅之助は土産《みやげ》の人形焼を頬張った。あんこがたっぷりと詰まり、口中一杯に甘味が広がる。たまに甘い物を食するのもいいものだ。あっと言う間に食べ終え、二個目をぱくつく。むしゃむしゃと食べたもので、

「義兄上、お髭にあんこが」

と、百合に笑われてしまった。あわてて髭を手で拭ったが、

「そこにまだ残っております」

百合が手を伸ばしてきた。その指先に寅之助の指がぶつかった。

指と指が触れ、百合はすみませんと目を伏せた。俯き加減に頬を赤らめる百合に今まで感じたことのない気持ちが生じた。

どんな気持ちなのか、うまくは言えない。

なんとなく甘酸《あまず》っぱいような、こそばゆいような。

そして、寿美に悪いような……。

百合が顔を上げた。今度は視線が交わる。鈍色《にびいろ》の空にあっても、また時節外れであっても、百合はその名の通り白百合のように可憐《かれん》で美しかった。

一〇〇字書評

切り取り線

購買動機（新聞、雑誌名を記入するか、あるいは○をつけてください）

□（　　　　　　　　　　　　　）の広告を見て
□（　　　　　　　　　　　　　）の書評を見て
□ 知人のすすめで　□ タイトルに惹かれて
□ カバーが良かったから　□ 内容が面白そうだから
□ 好きな作家だから　□ 好きな分野の本だから

・最近、最も感銘を受けた作品名をお書き下さい

・あなたのお好きな作家名をお書き下さい

・その他、ご要望がありましたらお書き下さい

住所	〒				
氏名		職業		年齢	
Eメール	※携帯には配信できません	新刊情報等のメール配信を 希望する・しない			

この本の感想を、編集部までお寄せいただけたらありがたく存じます。今後の企画の参考にさせていただきます。Eメールでも結構です。

いただいた「一〇〇字書評」は、新聞・雑誌等に紹介させていただくことがあります。その場合はお礼として特製図書カードを差し上げます。

前ページの原稿用紙に書評をお書きの上、切り取り、左記までお送り下さい。宛先の住所は不要です。

なお、ご記入いただいたお名前、ご住所等は、書評紹介の事前了解、謝礼のお届けのためだけに利用し、そのほかの目的のために利用することはありません。

〒一〇一-八七〇一
祥伝社文庫編集長　坂口芳和
電話　〇三（三二六五）二〇八〇

祥伝社ホームページの「ブックレビュー」からも、書き込めます。
http://www.shodensha.co.jp/bookreview/

祥伝社文庫

一本鑓《いっぽんやり》悪人《あくにん》狩《が》り

平成26年 6月20日　初版第1刷発行

著　者　早見《はやみ》俊《しゅん》
発行者　竹内和芳
発行所　祥伝社《しょうでんしゃ》
東京都千代田区神田神保町 3-3
〒101-8701
電話　03（3265）2081（販売部）
電話　03（3265）2080（編集部）
電話　03（3265）3622（業務部）
http://www.shodensha.co.jp/

印刷所　堀内印刷
製本所　関川製本
カバーフォーマットデザイン　中原達治

 ISBN978-4-396-34044-5 C0193

祥伝社文庫の好評既刊

早見 俊
賄賂《まいない》千両

借り受けた千両は、なんと賄賂金。善次郎は、町奉行、札差、さらに依頼主の旗本にまで追われることに！

早見 俊
三日月検校《みかづきけんぎょう》
蔵宿師善次郎

大の人情家の蔵宿《くらやど》師、紅月《あかつき》善次郎が札《ふだ》差《さし》十文字屋に乗り込む！ 人気シリーズ第二弾。

小杉健治
札差殺し
風烈廻り与力・青柳剣一郎①

旗本の子女が立て続けに自死する事件が続くなか、富商が殺された。なぜ目撃者を二人の刺客が狙うのか？

小杉健治
火盗殺し
風烈廻り与力・青柳剣一郎②

江戸の町が業火に。火付け強盗を利用するさらなる悪党、利用される薄幸の人々のため、怒りの剣が吼える！

小杉健治
八丁堀殺し
風烈廻り与力・青柳剣一郎③

闇に悲鳴が轟《とどろ》く。剣一郎が駆けつけると、同僚が斬殺されていた。八丁堀を震撼させる与力殺しの幕開け…。

小杉健治
刺客殺し
風烈廻り与力・青柳剣一郎④

江戸で首をざっくり斬られた武士の死体が見つかる。それは絶命剣によるもの。同門の浦里左源太の技か!?

祥伝社文庫の好評既刊

小杉健治
七福神殺し　風烈廻り与力・青柳剣一郎⑤
人を殺さず狙うのは悪徳商人、義賊「七福神」が次々と何者かの手に…。真相を追う剣一郎にも刺客が迫る。

小杉健治
夜烏《よがらす》殺し　風烈廻り与力・青柳剣一郎⑥
冷酷無比の大盗賊・夜烏の十兵衛が、青柳剣一郎への復讐のため、江戸に戻ってきた。犯行予告の刻限が迫る！

小杉健治
女形《おやま》殺し　風烈廻り与力・青柳剣一郎⑦
「おとっつあんは無実なんです」父の斬首刑は執行され、さらに兄にまで濡れ衣が…真相究明に剣一郎が奔走する！

小杉健治
目付殺し　風烈廻り与力・青柳剣一郎⑧
腕のたつ目付を屠った凄腕の殺し屋を追う、剣一郎配下の同心とその父の執念！　情と剣とで悪を断つ！

小杉健治
闇太夫《やみだゆう》　風烈廻り与力・青柳剣一郎⑨
百年前の明暦大火に匹敵する災厄が起こる？　誰かが途轍もないことを目論んでいる…危うし、八百八町！

小杉健治
待伏せ　風烈廻り与力・青柳剣一郎⑩
絶体絶命、江戸中を恐怖に陥れた殺し屋で、かつて風烈廻り与力青柳剣一郎が取り逃がした男との因縁の対決を描く！

祥伝社文庫の好評既刊

小杉健治
まやかし
風烈廻り与力・青柳剣一郎⑪

市中に跋扈《ばっこ》する非道な押込み。探索命令を受けた青柳剣一郎が、盗賊団に利用された侍と結んだ約束とは？

小杉健治
子隠し舟
風烈廻り与力・青柳剣一郎⑫

江戸で頻発する子どもの拐かし。犯人捕縛へ〝三河万歳〟の太夫に目をつけた青柳剣一郎にも魔手が……。

小杉健治
追われ者
風烈廻り与力・青柳剣一郎⑬

ただ、〝生き延びる〟ため、非道な所業を繰り返す男とは？ 追いつめる剣一郎の執念と執念がぶつかり合う。

小杉健治
詫び状
風烈廻り与力・青柳剣一郎⑭

押し込みに御家人飯尾吉太郎の関与を疑う剣一郎。そんな中、倅の剣之助から文が届いて…。

小杉健治
向島心中
風烈廻り与力・青柳剣一郎⑮

剣一郎の命を受け、倅・剣之助は鶴岡へ。哀しい男女の末路に秘められた、驚くべき陰謀とは？

小杉健治
袈裟《けさ》斬り
風烈廻り与力・青柳剣一郎⑯

立て籠《こ》もった男を袈裟懸《けさが》けに斬り捨てた謎の旗本。一躍有名になったその男の正体を、剣一郎が暴く！

祥伝社文庫の好評既刊

小杉健治
朱刃《しゅじん》 風烈廻り与力・青柳剣一郎㉓
殺しや火付けも厭わぬ凶行を繰り返す、朱雀太郎。その秘密に迫った青柳父子の前に、思いがけない強敵が――。

小杉健治
白牙《びゃくが》 風烈廻り与力・青柳剣一郎㉔
蠟燭問屋殺しの疑いがかけられた男。だがそこには驚くべき奸計が……青柳父子は守るべき者を守りきれるのか!?

小杉健治
黒猿《くろましら》 風烈廻り与力・青柳剣一郎㉕
神田岩本町一帯で火事が。火付け犯とされた男が姿を消すが、剣一郎は紅蓮の炎に隠された陰謀をあぶり出した!

小杉健治
青不動 風烈廻り与力・青柳剣一郎㉖
札差の妻の切なる想いに応え、探索に乗り出す剣一郎。しかし、それを阻むように息つく暇もなく刺客が現れる!

小杉健治
花さがし 風烈廻り与力・青柳剣一郎㉗
少女を庇い、記憶を失った男に迫る怪しき影。男が見つめていた藤の花に秘められた想いとは……剣一郎奔走す!

風野真知雄
われ、謙信なりせば 新装版
秀吉の死に天下を睨《にら》む家康。誰を叩き誰と組むか、脳裏によぎった男は上杉景勝と陪臣《ばいしん》・直江兼続だった。

祥伝社文庫　今月の新刊

石持浅海　**彼女が追ってくる**
名探偵・碓氷優佳の進化は止まらない……傑作ミステリー。

桂　望実　**恋愛検定**
男女七人の恋愛を神様が判定する!?　本当の恋愛力とは?

南　英男　**内偵**　警視庁迷宮捜査班
美人検事殺し捜査に不穏な影。はぐれ刑事コンビ、絶体絶命。

梓林太郎　**京都 保津川《ほづがわ》殺人事件**
茶屋次郎に、放火の疑い!?　嵐山へ、謎の女の影を追う。

木谷恭介　**京都鞍馬《くらま》街道殺人事件**
地質学者はなぜ失踪したのか。宮乃原警部、最後の事件簿!

早見　俊　**一本鑓《やり》悪人狩り**
千鳥十文字の鑓で華麗に舞う新たなヒーロー、誕生!

長谷川卓　**目目連《もくもくれん》**　高積見廻り同心御用控
奉行所も慄く残忍冷酷な悪党とは!?　与兵衛が闇を暴く。

喜安幸夫　**隠密家族　くノ一初陣**
驚愕の赤穂浪士事件の陰で、くノ一・佳奈の初任務とは?

佐々木裕一　**龍眼　流浪《るろう》**　隠れ御庭番
吉宗、家重に欲される老忍者。記憶を失い、各地を流れ…。